黄昱宁 著

假作真时

译林出版社

目录

讲述之后
After

作者跋

推荐序

最好的作品也只是以假乱真

小白

黄昱宁写文章，字正腔圆，娓娓道来，私底下她却是个动不动要辩论一番的人。她有观念，在很多事情上都有个人判断，但是一写到这些随笔和评论中，那些有时候甚至是尖刻的观点却很少表现出来。即使有，也常常点到为止，在要害位置上轻轻一扫，就绕开去。所以单读一篇时，或者会让人觉得太端正，太温和，太含蓄。可把它们编到一起，读者却能读出一种风格来。尤其当她为它们起了这么一个书名，《假作真时》。不能算是点睛，甚至也不能算太切题，但透露出另外一层意思，就是说，作者很清楚写作本身不免有作假成分，所谓心中所想笔下所出，常常倒会掉进自欺欺人的陷阱。反而，找到恰当视角，在修饰和表达、遮掩和透露之间，却往往能抵达事物的真相。

这就是写作技巧。表达之难就在于你必须了解，任何东西一旦被书写，就难免有假。往事不得不被误植的记忆扰乱，清晰的真知灼见也很容易在表述中迷失。作者必须谦逊地认识到写作本身便是一种不断涂抹却不断褪色的过程，最好的作品也只不过是以假乱真。

如何回忆那样一个“舅公”，作者甚至连话都没有跟他说过几句？他的几乎可以说是有几分传奇的人生，曾真切影响到一个家庭，也曾真切地触动过作者内心某处的一种悲喜感受。但那些微妙的感受，即使在记忆中也云淡风轻，只不过是片言只语、一点点印象、一个表情，怎么让它们在叙述之后仍能像原先在头脑中一样，那么真切，却也那么不可捉摸？

躲在作者内心深处的另一个作者，一个即将展露才华的小说家渐渐现身。她虚构了一些事实，借用了一些比如船员口述实录那样的档案，但仍旧牢牢捕捉住最初那些感受，那些感受毫无疑问都真实无虚，虽然它们寄托在完全是作者想象的事件中。

在这部随笔集中，作者确实展露了一种小说家的企图和才能。那些令人难忘的人，那些老照片和旧书信，即使是过去听过的歌，吃过的家常食物，作者也像一位小说家在处理素材时那样，精心选择视角、铺排结构，找到切入叙述的恰当时间点，有时尝试变换人称，寻找令人印象深刻的特定场景，用想象来使细节丰富动人，从日常对话中提取戏剧性台词。

说黄昱宁最后一定会去写小说，这个我们一点都不奇怪。她身上确实有一些小说家特质。比如对一个人在表面之下可能会有另一个“自我”深信不疑，而且表现出强烈兴趣。比如她特别相信生活中有一个戏剧性时刻，一个人应当随时准备好，迎接这一时刻来临。又比如，她就像她自己喜欢，并且用了一年时间和热情来翻译，并且据说翻译到热泪盈眶的那部小说《甜牙》的女主角赛丽娜一样，从小就特别喜欢读小说，而且也像赛丽娜那样，认为要成为一部好小说，小说中必须要有女主角，而且后来一定要有人喜欢上她，跟她一起坠入情网。其实有了这些东西，做一个小说家也就足够了吧？

但黄昱宁可能觉得不够。所以她先做了外国文学编辑，以编辑身份精读了很多好小说。然后她当翻译，以翻译为名把那些好小说用汉语重新写一遍。她又写了很多小说评论，从书评家的角度来分析提炼一部作品的结构和意义。就好像，面对一部武林秘籍，她不会忍不住，直接练最后一节，她一定要从头练起。又好像她把写小说看作当 CEO，在正式担任之前，先要到各部门挂职实习。

这本书后半部分，主要是一些评论，有关小说和电影，或者确切点说，有关小说和编剧技术。读者可以把它们视作未来小说 CEO 的部门挂职锻炼成果。虽然评论角度有时候会模糊，因为作者偶尔自己也分不清自己的身份，是编辑？是翻译？是小说家？所以读者角度、编辑角度、作者角度在这些书评随笔中不时交织到一起，一部作品被她翻来覆去掂量，分析是分析得精当透彻，只是有时候读者不免心里会想，要求那么高，你自己来写一篇看看？

无论如何，想要实践多种文学工作样式，这证明了作者在整体上仍抱持着对文学的信念。她仍旧相信文学是所有那些事情的总和。

要相信外国的文艺

苗炜

大概是2004年或是2005年吧，看到市面上有一本杂志叫《译文》，我立刻就成为它的忠实读者。那本杂志用《外国文艺》的刊号，但不像《外国文艺》或《世界文学》那样严肃，我在上面看到美国名媛葛洛利亚·范德比尔特的回忆录，讲她怎么睡马龙·白兰度，还看到菲利普·罗斯的小说《沉重的肉身》。《译文》杂志每年都办一次卡西欧翻译大赛，奖品是卡西欧电子词典，有一年，英语组的题目是一篇叫《光学》的小说，我认真读了原文，又在几期后看到评审谈瀛洲先生的翻译范文，一字一句地对照，字词间都有细碎的光芒。我相信，翻译是一种非常好的写作训练，几乎是最好的，要准确、流畅，要对应、要有节奏感，纪律严明，又有足够的发挥空间。

黄昱宁当时担任《译文》杂志的副主编，我知道她是青年翻译家。杂志是双月刊，不紧不慢地出着，忽然就听到杂志要停刊的消息。我找到黄昱宁的电话，打过去问："听说你们杂志要停刊，是缺钱吗？我们这些读者可以凑凑。”这当然有点儿心血来潮，我盘算，出这样一本杂志，花不了多少钱，当时还没有众筹这个概念，但身边的确有几个读者愿意出钱。黄昱宁说，不是钱的事，是刊号的事。总之，这本深受文艺青年喜爱的杂志还是停掉了。

《译文》是借用了《外国文艺》的刊号，我好久没看过《外国文艺》了，但还保留着几本老的《外国文艺》杂志，有一本，全文刊发马尔克斯的《迷宫中的将军》，还有一本刊登着卡尔维诺的《分成两半的子爵》。杂志在译作编辑成书出版之前，先把文本刊出来，这是他们的核心竞争力。而喜欢外国文学的读者想先睹为快，想看到世界上最棒的小说是什么样子，这也是《译文》这类杂志存在的价值。那次“众筹”之后，我算是结识了黄昱宁，后来，承蒙她看得起，拉着我参加了几次图书推广活动，一起谈谈读书的体会。每年冬天的北京图书订货会，上海译文的编辑都来北京，办两个沙龙，吃一顿火锅。

我上学的时候，学的是“中文”，后来好多年，都算得上是一个文学爱好者，但以我的经验来看，要好好地欣赏虚构作品的精妙，还是应该读英语系，或者法语、德语、西班牙语。英国的哲学家怀特海说，天国的语言将是中文、希腊文、法文、德文、意大利文和英文，天国的圣人们将愉快地注视着这些金色的语言对永恒生活进行的表述。我相信，教我们发挥想象力、拥有道德感并写出好小说的，是卡夫卡，是乔治·艾略特，是纳博科夫。这是道统所在。这样来说，黄昱宁从事翻译多年，一直是麦克尤恩、亨利·詹姆斯耳提面命，乔治·斯坦纳和特里林加持，这样的学生，写出来的东西，得好成什么样子。

黄昱宁的确翻译了麦克尤恩和亨利·詹姆斯的小说，但她并不承认，好的翻译者就是好的写作者。言下之意是，好的翻译者，她认了，好的写作者，她还在学习。

现在我们看到的这本书，一半是黄昱宁读书及翻译过程中的随笔，另一半是她所写的回忆文章。我们可以观察，一个受外国文艺滋养的写作者如何在阅读中进步，又如何用中文写作。当然，她的小说也值得期待，一个微胖的文学新星正在冉冉升起。

遗忘之前 Before

听着听着就老了

是要到了地铁里的每只手机都会飘出神曲的年代，才会突然想起，以前听歌可真不是一件如此轻便的事。“小时候守着电台等我最爱的歌”（When I was young and listened to the radio waiting for my favorite song），不仅仅是卡朋特的一句歌词，更是穿越时空滋养了好几代人的生活方式。如今想重温这首《昨日再来》，你只需轻点鼠标，打包下载，七八个中外版本信手拈来，但是你没办法复制当年国门乍开时，端坐在收音机前，被汹涌而来的新鲜潮水打湿的仪式感。对于80年代的中国人而言，可以听到时髦音乐的电台节目屈指可数

（仅就上海而言，印象最深的是港台系的《上录音乐万花筒》和欧美范的《立体声之友》，这些节目的名称都像当时刚刚打进内地的*ELLE*中文版的正式刊名《世界时装之苑》一样，带着中规中矩的时代烙印），确实要用“守望”二字才能形容彼时“人民日益增长的听歌需求与落后的社会传播方式之间的矛盾”。

但是那会儿真有守望的劲头啊。初中同学几乎人人都练就了边听歌边解数学题的绝招，往三角形上添辅助线的同时也牢牢记住了排行榜上的最新动态——那几乎总是翌日早读课上的第一个话题。（之所以说“几乎”，是因为我记忆里有一次印象深刻的例外：某天，我在电台的早新闻里听到陈百强深度昏迷的消息，一到学校就隆重宣布，女生群里立时响起一片低低的呜咽。早读课上非但再没人提昨晚的排行榜，而且好几个女生一整天都用仇恨的目光盯着我……）总而言之，当时的收音机里藏着多少让人兴奋或者沮丧的理由啊。你会觉得电台DJ是天底下最有权有势的人，他们把持着垄断渠道，每天只吝啬地放出一小部分资源，而且一肚子阴谋诡计，只顾着袒护自己的偶像——比如，喜欢谭咏麟的听众会认定他们放了太多张国荣的歌，而热爱张国荣的则怀疑他们故意让谭咏麟多拿了一周的冠军。

信息不对称导致的饥饿感，使得每一首从电台里流出来的新歌都显得稀缺而动人。我们甚至在上床睡觉前嘴里还在哼着那些刚刚学会的调子（通常都只来得及记住副歌），草稿簿上随手写下几句歌词，等着明天到班上跟别的同学拼凑出相对完整的一首——到后来干脆发展成分工协作，有人专攻开头，有人坐镇中央，有人包抄结尾。在八九十年代里上中学的人，大概很少会有人没攒过至少一个手抄的歌词本。讲究一点的是裹上一层旧挂历的硬面日记簿，美人玉腿或者桂林山水露在外头，里面按歌星姓氏拼音字母 A 到 Z 分段排列；翻一翻，这边跳出一句“外面的世界很无奈”，那边冒出一条“徐徐回望，曾属于彼此的晚上”，间或还能看到明星大头贴，刚粘上去的时候鲜亮，年深日久了就会黑一块白一块的，恍若沦落风尘。还有，我总依稀记得，或者说分明相信，字与字之间洇开的泪痕——黄黄的，假假的，是最纯真与最刻意的交集，正是那个年纪的主色调。

那时没有卡拉 OK，没有《我爱记歌词》，甚至很少能在电视上看到音乐录影带，记录歌词主要还是靠一双“肉耳”，间或闹出“人生难得再次寻觅相知的笨驴”（伴侣，《恋曲 1990》）和“爷爷想起妈妈的话”（夜夜，《鲁冰花》）这样的笑话，真是再自然不过了。某些疑难歌词的真相往往要到哪位金主买来盒带，打开封套的时候才能揭晓——说“金主”不算夸张，从六块八到七块九再到九块八，盒带向来都是童年的奢侈品。不过，当时正式引进出版的盒带因为要经过层层审批，比起电台来，它们与境外同步的速度永远都滞后好大一截。

记忆中最轰轰烈烈的一次“团购”盒带的行动发生在初二。现在的孩子很难想象小虎队在二十多年前红成什么样，如果非要类比的话，不妨设想：把韩庚、周杰伦和李宇春绑在一起打包组团，可你不能一想他们就上网搜点东西来解馋；无论是消息、歌声还是形象，你都得透过极有限的渠道守株待兔。《青苹果乐园》在西藏路音乐书店开售的那一天（说来奇怪，当时并没有成熟的营销链，甚至没听过“首发”这个概念，可班上愣是有几个消息灵通的同学早早就知道），还没等挨到中午，我的心跳就开始加快，只觉得四周处处弥漫着出逃的气息，随时要溢出来。三个自行车车技高超的男生被公推为代表，收齐十几份钱（两三个人匀一盒），从杨浦区双阳路一直骑到西藏路。现在想来，也只有在荷尔蒙过剩的年纪，才能唱着“周末午夜别徘徊”、顶着西北风，轻易打发掉这一个多小时的艰苦跋涉。至于我这个班长，必须替他们编一个缺席政治课和英语课的完美借口——在市重点中学里，无论如何，这都是一桩考验智商和刷爆 RP 的任务。

那时候，时常会看到城市里的行道树上缠绕着一大卷棕色的磁带，我总觉得那是某盘质量欠佳的盒带卡在机器里，最终被愤怒的主人扯出来扔到窗外，就势挂在了树枝上。与此形成美学对称的是那些半明半暗的角落，出没着一种叫“拷兄”的人——对于那些渐渐不满足于引进版盒带的歌迷来说，这些人既可爱又可恨。说可爱，当然是因为他们神通广大，两周前在香港上市的带子，他们就能弄过来，用收录机转录在 TDK 空白带上，附一张封套的黑白复印件——它们往往模糊得令人发指，从那上面看歌星的照片，你会觉得梅艳芳和蔡琴长得没什么区别。六十分钟的空白带要比原版母带的时间稍长，通常“拷兄”会从别的带子上扒两首歌填满那些空白，如果这自制的 bonus track（附赠曲目）挑起买家的兴趣，就等于为下一单生意提前做了广告。说他们可恨，是因为这些拷带比音像店里的正规引进版还要贵上至少两三块，买一盒足够吃三四碗大排面。念中学时，我既没钱也不敢跑得太远，只能听男同学们描述延安路中图公司门口和五角场这两个著名的拷带据点，他们通常添油加醋，将整个过程形容得有如地下党接头般惊心动魄。最后，在经过我刻意加工的崇拜的目光中，他们会乐意借两盘听厌的带子给我，让我回家制作“拷带的拷带”。就是通过这种特殊的介质，我迷上了黄舒骏和Queen。

这就可以解释，为什么我一上大学，活动范围终于突破两点一线后，很快就在吴淞路海宁路口的胜利电影院旁边找到了“组织”。我记得，无论天上阴晴雨雪，那个拐角总也照不到阳光，地上总有一摊水。我还记得，那个戴眼镜的“拷兄”总是背着大包坐在那里打盹，这样就省得顾客在摊位上一盘一盘看过去的时候他还得费神招呼，弄得大家没话找话。不过，每当我找到一盘心痒的目标时，他都会适时睁开眼睛，恰到好处地补两句背景材料以显示专业水准：“这个录的是黑胶唱片，买就赚了”；“这人冷门，可我有全套，你要，下礼拜我给你再拿几盘过来”……时至今日，我都觉得这是我见过的最掌握顾客心理的小贩，既做成了生意，又让一个总想窥视城市隐秘的乖孩子，不至于被过于热情的阵势吓跑。

不过，此时拷带本身已经快要走到头了，它的升级版——盗版CD很快就要将它驱逐进地下文化史册，而后者，连同所有的正版唱片，紧接着又被互联网共和国逼到如今苟延残喘的境地。不过，在回到高效而乏味、让想象力无处容身的今天之前，还有一个名词解释可以供我多缅怀一会儿旧日时光：打口碟（带）。这些从包装到内容都被或深或浅地打上一个缺口的唱片和盒带，是大学宿舍里迅速提高段位的音乐介质，上门兜售它们的商贩多半也是“兼职”的学生。关于它们为什么要打口，当时同学们的解释多半语焉不详，语气里却总带着掌握秘密知识的兴奋——“呃，海关拦截嘛，你懂的。”直到后来，我才在某些怀旧文章里看到比较靠谱的官方说法：国外出版商因为高估销量而大量生产，结果卖不出去只好打口销毁，但一般打得不太阴损的话大部分歌都还能放得出来……这说法听起来有点像以前政治课上反复渲染的故事：资本家宁可把多余的牛奶倒进海里也不会免费送给穷人。

但我们终究通过“种种渠道”喝到了这些廉价的、没来得及倒干净的“牛奶”，从中补充了一点不那么主流的蛋白质。我印象最深的是一张茱蒂·柯琳丝翻唱鲍勃·迪伦的专辑，清泉般吟哦，声带松弛到让听者不好意思绷紧神经——于是，我回过头再去听以前从来没听懂的迪伦的原唱，居然有一通百通之感。其实，听这些“打口制品”最大的乐趣就在于此：意外的名字，意外的声音，以及碟片意外地在某些地方跳针、打滑，发出某种意外的尖叫，然后戛然而止——

在你第一次播放之前，你只看见唱片的毁容，却不清楚它的内伤有多重，甚至总有“打口碟拉伤 CD 机”的江湖传闻让你隐隐担忧，却也享受着类似于赌博的刺激感。以后每次放，快到伤痕处，你都会有一点害怕和期待，等着一粒刺尚且柔嫩的仙人球慢慢从内脏上碾过。一如青春本身。

写着写着就散了

为《ONE · 一个》写字，眼前先浮现出一排在大大小小的屏幕前做梦的孩子——认真算算，比我那快要上中学的女儿大不了几岁。如是落差，仿佛可以倚老卖老，实则触目惊心。英文里有个学术词儿可以借来形容这种恐慌：anachronism，年代误植。

误闯时间窗口的人只能故作镇定，先套一个“我小时候”的万能句型压住阵脚，随即茫然四顾，找点看得见摸得着的道具，才能把挖下的坑慢慢填上。比方说，写《听着听着就老了》的动机来自两抽屉旧盒带，其实它们上面还有一个抽屉装得更满。全是信，纸信。

信这种东西，不管如今有多少既逼真又便捷的电子变体（电邮、短信、微信），我都认定，唯有白纸黑字套信封盖邮戳的那种，才真正符合“信”的题中之意。儿时收到的第一封信来自本区另一所小学，那女孩只是在区三好学生夏令营上跟我有过半天的交情。实际上，照面才十分钟我们就互相交换了地址，宣告从此以后成为“永远的”笔友。在剩下的时间里，我们聊天的中心思想就成了对即将收到的信的憧憬。交换邮票，花色信笺，务必在信封里夹一张叶脉书签……它们在想象中的样子甚至更激动人心，更像是为一场成人礼悄悄燃放的烟花。

这段友谊——像绝大多数友谊一样——当然没能“永远”。来回两封信，我们便失去了联络，我连她的名字都没能记住。但我记得邮递员第一次在楼下喊我的名字时我为之骤然加速的心跳，也记得终于有机会在信纸上写下第一行字时那莫名其妙的骄傲。直到在大学宿舍里，每回被刚从传达室那里抱来一大摞信的同学叫到自己的名字，仍然是一件很有仪式感的事。如果在某些特殊的日子里，你在众目睽睽之下接过一封笔迹可疑的信（信封上也许还傻乎乎地画着一颗心）——你越是佯装矜持，那份掩饰不住的得意就越是激起旁人的羡慕嫉妒恨。

电子化的书信是终结这些乐趣的冷面杀手。那些也叫“信”的玩意无声无息地混在一堆广告里抵达你的电子邮箱，没什么废话；你淡淡地回复，鼠标一点就得到了问题圆满解决的假象。你很放心地着手解决下一件事，因为你觉得无论是来言还是去语都有了稳妥的备份，不像纸信那样，一旦郑重其事地寄出去，收寄双方的心思就跟着在钢丝上晃悠。一旦寄丢，你便无法复制粘贴当时力透纸背的心血，或者你压根就不敢问那边有没有收到，更不可能指望对方的邮箱会有任何形式的“自动回复”，只能正过来反过去地将猜疑煎成一只溏心荷包蛋。

是的，记忆就是这么吊诡的事：在磁盘里留下多少备份，也不及这漫长而难熬的“煎蛋”的过程，更可能留下些许印痕。好比《唐顿庄园》里的安娜与贝茨，当那些被监狱看守扣押数月的两地书终于抵达，演员抱起厚厚一沓信，情绪和动作自然而然地就调动到泪如雨下、双手打颤的地步——很难想象如果道具换成一台电脑，他们是否还能演出这样的效果。

当然，不管是哪种形式的信，在大部分情况下，都改变不了“写着写着就散了”的宿命。那一堆过时的纸信，也许压在抽屉的最底层，不晓得会在你哪次翻箱倒柜时，突然冒出来硌你一下。或者更激烈一些，像《围城》里的方鸿渐和唐晓芙，吩咐黄包车夫将对方的旧信原样送回，于是便有了这样的情节：“她知道匣子里是自己的信，不愿意打开，似乎匣子不打开，自己跟他还没有完全破裂，一打开便证据确凿地跟他断了。这样痴坐了不多久——也许只是几秒钟——开了匣盖，看见自己给他的七封信，信封都破了，用玻璃纸衬补的，想得出他急于看信，撕破了信封又手指笨拙地补好。”

总而言之，有真实载体的信，好歹让分手多了几具可以凭吊的尸骸。你可以撕，听心脏也跟着一并撕裂的声响；你也可以烧，以后在记忆的显示屏上，你会将火苗的颜色 PS 出彩虹的细腻层次。相比之下，如今的分手剧情倒是环保了不少：你发呆，试图找一点证明那些昏了头的情话曾经被倾诉过的证据，于是你打开电子邮箱和手机，你在一堆电商广告里找到那个人的名字，然后你检索，才发现丢了大半——无数次因为程序打开太慢，你批量删除过，清空过，格式化过。你不死心，给那个人发短信：“最后一个问题。”TA 在一秒钟之内就回答你：“爱过。”于是你哑然失笑。通过这一系列动作，你已经瓦解了一个老套罗曼司的诗意框架，将它浓缩成了微博段子。

说到诗意与书信的瓜葛，我们在小学里就背得出“烽火连三月，家书抵万金”，设若在后面接上翟永明那首著名的《在古代》，在意境上居然没有多少违和感，反而像是隔着长长的时光隧道，彼此凝视，互相注解：“在古代 / 我只能这样 / 给你写信 / 并不知道 / 我们下一次 / 会在哪里见面 / 现在 / 我往你的邮箱 / 灌满了群星 / 它们都是五笔字形 / 它们站起来 / 为你奔跑 / 它们停泊在天上的某处 / 我并不关心。”至于虚构界，至少在欧洲，书信体小说在很长一段时间（17 和 18 世纪）都是最时髦的畅销书样式——从《少年维特之烦恼》到《新爱洛伊斯》再到《危险的关系》，莫不如此。另一部常常被奉为书信体高峰的杰作——《克拉丽莎》，尽管篇幅长得至今都没人敢出中译本，却时不时地跟《傲慢与偏见》或者《哈利·波特》一起，跻身于各类“最受英国人欢迎的小说”总榜单。

究其原因，书信体小说在字里行间插满无数个“你”，过去时一举变成了现在时，作者就像黑暗剧场里的引座员，召唤读者悄悄入座，让他们自以为窥视到了人物之间的秘密。每一个写信的角色都会说一半藏一半，都会话里有话，弦外有音，于是悬念有了，迷局有了，读者参与破案的热情也呼之欲出。尽管后来书信体小说日渐衰微，书信本身却留在了各种小说里，常常充当推动小说关键情节的动力。看过《苔丝》的人不会忘记那封没有被安吉尔及时看到的忏悔信，它改变了苔丝婚姻的走向，也埋下了她最后上绞架的伏笔。前两天随手翻翻司汤达的《巴马修道院》，差点笑出声来。男主角法布里斯在逃亡路上广受少女青睐，靠着她们频频出手相救才脱离险境。尽管后面随时有追兵，他却总是匀得出时间给每人写上一封感谢信，“表达对她们的感情”，而且，“信是含泪写成的”。

事实上，大部分小说家都跟法布里斯一样，对写信有异乎寻常的热情。他们常常将一部小说（或者其中的某些部分）写成一封隐秘的书信，然后在生活中将一封信写得像小说那样亦真亦假——不信你可以去看看乔伊斯怎么给他的老婆诺拉写情书。在这一系列里，大概最短的“小说”是《了不起的盖茨比》的作者菲茨杰拉德写给自己的一张无比凄凉的明信片（1937）：“亲爱的斯科特：你好吗？一直想来看你。我现在住在‘真主的花园’饭店。你的斯科特·菲茨杰拉德。”明信片的妙处是信中的内容以裸体示人，在邮局兜兜转转的这一圈，便构成了这“小说”的公开发表之路。

不过，要论对书信的执迷程度——就我目之所及——似乎没有比马尔克斯更疯狂的作家了。他的小说里，常常会有一个人给另一个人一连写上几千封、最后对方终于扛着这些信上门的壮观场面。第一次读到《霍乱时期的爱情》时，我被其中一个细节弄得神思恍惚：“那是一个有许多拱门的长廊……那些穿着呢子背心、戴着袖套的沉默寡言的书法家们就坐在这里，以低廉的价格代人写就各种文书：受屈或申诉的诉状，法庭证词，贺帖，悼词，以及各种年龄段的情书。”真难以相信，我儿时的梦幻职业，不就是“代笔人门廊”里的这份营生吗？当然，如果可以挑，我会申请去那个专攻“各年龄段情书”的部门。

小说里，为了缓解对女主角费尔明娜的思念，主人公弗洛伦蒂诺就揽到了这份美差，免费替别人写情书，“依循着十分可靠的模式——写信时一直想着费尔明娜，只想着她”。一个月后，他不得不建立起预约制度，以免自己被焦虑的恋人们淹没。那个时期，他最愉快的记忆来自一个羞怯的小姑娘，她颤抖着请求他为自己刚刚收到的一封情书写回信。弗洛伦蒂诺一眼就认出那封信正是自己昨天写的。于是，他揣摩着姑娘的特点，回了一封风格迥然相异的信，两天后又不得不再为那情郎代笔……

就这样，“他最终陷入了自己给自己写信的狂热中”。我喜欢这个故事，也喜欢这句话。它既狂欢又忧伤，或许，正道出了所有书信和小说的实质。

吃着吃着就淡了

那时候我十一二岁，每个礼拜去少年宫上诗歌兴趣班。那时候的兴趣班跟现在的培训机构不是一回事，不要钱也不考证，我通常都是放学以后坐辆公交去上课，掐着晚饭时间回家，总共坚持了两年。说来惭愧，支撑我在那段日子里从未缺课的动力，不是——至少主要不是唐诗宋词，而是大人给我车费时顺手多塞的八分钱。“天晚，肚子饿，回来路上买个油墩子吃。”

8路车站边有个风雨无阻的油墩子摊。油锅滋滋作响，两三把长柄模具勺搁在半截滤网上，大把白萝卜丝在一脸盆面糊中等待我那八分钱的召唤。最妙是初冬，我搓着手哈着气挨近，伸手摸钱的当口，装满萝卜丝面糊的模具勺已经伸进油锅，顿时泛出金黄，被我揉红的鼻子里刹那间灌满油腻的香气。有一回，上了8路车我才发现自己弄丢了几分钱。眼看着油墩子就要落空，我毅然早下两站，省下一半车资填补亏空。走累的双腿想必释放出不少化学元素，增加肠胃蠕动，刺激味蕾细胞——总之，那天的油墩子好吃得可歌可泣，每个细节都以高倍像素烙在了我的个人吃货史上。

我常常很惊讶为什么诸如此类的记忆会那么清晰，往往只需要一个名词——一种小吃或者一道菜名，就能在瞬间调动所有的感官一起回忆。就其热烈程度而言，唯一能与之比肩的大概是爱情——可是，在你的个人史上，能有几段爱情是你完全找不到伤口、不需要刻意回避的呢？相比之下，除了悄悄地为你积攒脂肪，食品总是忠诚可靠的。关于它们的记忆，随时拿出来都是温暖松软的一团。所以《舌尖上的中国》那样的拍法没什么不对——菜谱之外的美食，不勾连记忆不铺陈情怀，还能说什么？

在个体的主观感受中，一种食品到底有多好吃，我总觉得可以用类似于 $E=mc^2$ 那样简洁漂亮的数学公式来表达，而决定性变量跟食材是否珍稀、烹饪是否精良，其实没多大关系，否则就没法解释儿时那些风雨无阻地守在校门口的零食摊档，那些粘着灰的麦芽糖和散发着来历不明的油烟气的烤鱿鱼，为什么会长盛不衰。我们的父母和老师用过多少逼真的故事（三尺长的蛔虫）来恐吓我们？是不是他们说得越严重，我们反而越忍不住好奇心？ 所以说，最关键的变量是你与这种食物初次相遇的时机。味蕾是一种多用一次就磨掉一层敏感度的器官，所以，在对的时间遇到对的食物，E 就能达到最大值。这一点也像爱情。

所有的爱情都会产生幻觉。到了一定火候，仪式便是加固（至少是妄图加固）这种幻觉的捷径，而食物也大抵如此。儿时碰上头疼脑热，除了可以逃学，还能获得有气无力地到厨房发号施令的特权，久而久之便形成仪式化的菜谱。面要软，又不能太软（除非是牙病）；小葱要多撒，但得剪得细碎；猪油从一勺减到半勺，另半勺代之以麻油，提香顺气，闻一闻，病就好了大半。一只松花呈现清晰 3D 效果的松花蛋，一碟稍稍煮过头以保证酥软的白切猪肝，须得配上虾子酱油才圆满。关于这些家常食物的记忆，与体温三十八度时产生的轻微幻觉，终身绑定在一起。再比如，我以前见过一个很可爱的姑娘，男朋友是“食肉动物”，约会的固定节目是到沈大成买两个油纸包的蹄髈，坐到学校的草坪上大快朵颐。这段爱情的保质期还没有蹄髈长，但这个油汪汪沉甸甸的仪式倒留了下来，构成了一个人、一辈子对“爱情”的名词解释。

大学里有个学霸室友，是女巫一般的存在——身轻如燕，手一撑就能飘到上铺；过目不忘，一小包零食时间就能消灭一张单词表。每晚熄灯前照例 PK 夜宵，只用一包方便面和一只苹果，她就在我们这一层楼里找不到对手。方便面非“超力”（此品牌已退出市场多年）不泡，苹果非红富士不吃。女巫嘴里念念有词，取大小碗各一，大碗沸水冲面，小碗飞速覆盖，焖泡的时间正好用来削苹果。待果皮除尽，即掀开小碗，喷薄而出的水蒸气正好将赤裸的苹果团团围住，呈现美人出浴的视觉效果。“待苹果在蒸汽中充分氧化之后，你一口‘超力’，一口红富士，让两者味道彼此交融，”女巫不紧不慢地说，“恍惚间就能吃到荔枝的味道。”

在女巫的指导下，我们都履行过这道仪式，都在恍惚中吃出了荔枝的味道。这是我人生中第一次直观地领会“洗脑”是什么意思。有了这段经历，后来无论在餐桌上看到绑在钢管上跳舞的鸡，还是喷火的蛋糕，抑或被干冰雾缭绕的刺身，我都能处变不惊，云淡风轻。

更极端却往往更奏效的仪式是禁忌。1988 年上海甲肝疫情爆发，最后抓出的元凶是所在水域遭到污染的毛蚶。那一年，我班上三分之一的同学给关进了医院，外婆给全家下达了庄严的禁蚶令。对于宁波人而言，这就像是禁止法国人吃牡蛎一样残忍。多年以后，我再次看到这久违的、饱满的、渗着血丝的毛蚶躺在餐桌上，童年屡遭恐吓的阴影与排山倒海的食欲同时袭来。天人交战五分钟的结果，是我战战兢兢地夹起一只毛蚶，在酱油里一滚，眼一闭，心一横，塞入口中。滑腻，腥甜，鲜美，惊慌，内疚，狂喜……想来偷情也不过如此。

年纪一大，牙齿和舌头难免日渐迟钝。幸好，在漫长的岁月魔术中，滋味或会渐淡，记忆却在加深。我记忆中最神奇的一次味蕾遭遇战发生在七岁。作为从小生在上海、饮食全被母系亲属接管（宁波菜）的广东籍人士，那一年，我刷新了好几个“第一次”：第一次在远方过年，第一次“认祖归宗”，第一次坐长途火车，而且赶的是春运。两天一夜的硬座，过道上全是人，上个厕所要被大人举过头顶接力传递。为了让我踏踏实实睡几个小时，我爸和我妈也坐上了过道，把我横在三人座上。这一觉睡得人事不省，直到我爸拿着一搪瓷杯饭菜凑到跟前。灌了一鼻子香味，我才醒过来。

那真是刻骨铭心、熨肠暖胃的一餐。疲劳、亢奋和饥饿对肠胃施加的强烈刺激，让这杯从餐车上买来的蘑菇炒仔鸡焕发出惊人的魔力。回过头来想，这显然不是什么典型的粤菜，只是列车上的厨师和食材稍微带了点岭南风情：也许蘑菇格外新鲜，吃口略感弹牙，也许那鸡恰巧来自清远，也许厨师只是加了一点儿异香扑鼻的豉油，也许什么都不是只是因为我饿昏了头——总而言之，这一顿非但彻底打开了我初次南行的味蕾，而且在我心中的美食竞技场上架起一道高高的、完全超越理性的横杆。从此以后，再优秀的蘑菇炒仔鸡，见到这根横杆也只好绕行。

序曲既出，此后的高歌猛进，简直无法阻挡。一下火车，行李都来不及放，我就睡眼惺忪地跟着爸妈到路边摊觅食。那种状态跟现在去港式茶餐厅吃精致的点心，完全是两回事。我记得当时我的嘴里刚噙上人生第一口皮蛋粥，味觉和视觉就同时经受了震撼。近处，摊位上的师傅在摆弄金属蒸架，像变戏法那样打开一小格一小格滚烫的抽屉，晶莹透明的肠粉在里边哧哧打颤；远处，跟我们一样刚下火车的游子冲到路边最简陋的螺蛳摊，那里连个矮凳都没有。吃货们全不理会，一屁股坐在行李上（没行李的干脆就蹲下），一只一只吮吸，窸窸窣窣响成一片。不一会儿，堆壳的那个碗就高得快要满出来。人说吃在广州，在我的童年印象里，这话太轻描淡写——那座城，根本就是食物的洪流。

在洪流的裹挟中，我足足晕了五天。第六天是大年夜，我第一次见面的爷爷端来一碗汤团。爷爷家本没有吃汤团的习俗，只是听说我打小就随宁波习俗年年少不了这一口，才揣摩着做的。我当然得说好吃好吃，但爷爷一走，舌尖到底委屈起来。皮儿干硬，不是水磨的糯米粉，馅儿粗粝，花生碎当然比不得板油和芝麻捏的黑洋沙糯软香甜。当年，宁波汤团是我们一年里最大规模的自制食品工程，我的舅舅们一个月前就轮流在家里推磨了。这一想，耳边便开始回荡着大石磨与清水、糯米耳鬓厮磨的江南小调，竟是拦也拦不住了。

那个除夕，食物隔空厮杀，味蕾悲欣交集，阿城所说的“思乡蛋白酶”渐渐占了上风。至少在食物的战场上，“由来只见新人笑，有谁听到旧人哭”的公式常常会失灵——午夜梦回，从胃酸中浮起，于舌尖上复活的，总是那一碗故乡的汤团。

岁月神偷

那时候一个家族的肖像都在一本相簿里，并不显得挤。那时候的相簿都差不多，黑色卡纸上粘着三角插口，每两张卡纸之间以半透明牛油纸相隔。一打开，我妈就会嚷，看哪，你外公像不像孙道临？

三寸黑白照上的外公，二十来岁，刚刚用照相馆里的梳子和头油整饬过发型。金丝边眼镜和口琴是 40 年代摆拍的标配。英俊的长相其实在哪个时代都差不多，我妈心心念念的“真像孙道临”，到了我女儿眼里，就成了“明明是吴彦祖”。照片上，外公没笑，望向远方，口琴并没有碰到嘴。动作是有一点生涩的，但五官的线条刚柔并济，大概是在打光的一刹那绷紧了。

用现在的话说，外公是我们家的颜值担当，是一大家子人都会暗暗惋惜基因流失的对象。小时候最拉风的事，是从家族相簿里偷两张外公的照片到学校里显摆，最惆怅的是，他们看完以后都会抬起头在我脸上补一刀：“不太像嘛……嗯，是很不像。”不过怅然只是一瞬，大体上我还是在一个劲地傻乐。彼时，被我在想象中神化的，是照片上那个无比亲近却从未谋面的人，是一段永无可能再现的时光。那时留下的照片如此稀少，一张一张全烙进记忆，每个细节都自带光环。

现在的孩子应该很难想象，在我儿时，拍照是一件多么隆重的事。20 世纪七八十年代，几乎每家每户都会出现一个能打家具的木匠，同时也会冒出一个自学成才的摄影师。在我们家里，这个角色一直是由姨父担任的——所以，至少十八岁之前，每逢家族聚会，表妹总是能把头抬得比我更高一些。他们家的墙上挂着表妹五六岁时拍的肖像，她满头硬邦邦的鬈发是阿姨买回来的冷烫精的杰作，她的表情动作则是直接拷贝印在饼干听上的女孩——都是那时候最显眼的流行元素。照片是用方头方脑的 120 相机装上黑白胶卷拍的，姨父拿着底片到他的单位里转了一圈，回来以后就放大成十寸，还着了色，表妹的嘴唇顿时就粉嘟嘟起来。在前电脑时代，给黑白照片染色可没有 photoshop 帮忙，一笔一笔全是人工画上去的。我至今都没弄清姨父的手艺是从哪里学来的，只知道他是中学里的化学老师。总而言之，从那天起，我便想象他每天的工作就是躲在实验室里，窗帘一拉就是暗房，世界一点点从黑白转成了彩色。

在中国家庭摄影史上，那几年也确实是黑白与彩色的分水岭。姨父的照相机从 120 换成了海鸥 135，逢年过节，他就换上彩色胶卷。小孩喜欢明艳的富士，大人则更中意稳重的柯达，可它们都很贵——买一个胶卷够看好多部电影，到照相馆里精放加印还得再花一笔钱，又是好多部电影。一家人跑到公园里，跟很多家人挤在一起：同一座假山，同一棵大树，同一片草地，N 种人跟人、表情与表情的排列组合。作为家族里最小的两名女性，我和表妹得到格外优待，不仅单人照最多，还获得“偷照片”的特权。

数码时代的人没法理解什么叫偷照片。一个胶卷，卷片时拖在最后的尾巴长度不一，三十六张份额拍满以后常常还能往后卷，具体卷几张得看命运的安排。胶卷时代充满悬念，不到冲印完成就不会真相大白。抓拍、偷拍或者纯拍风景的

“空镜头”都是普通家庭无力承担的奢侈，所以那时照片上几乎全是人像，表情普遍比现在严肃，相纸上弥漫着箭在弦上的紧张感。哪怕迎着阳光，人们的眼睛也会努力睁大，最后眼睑肌肉终于在按下快门的一刹那扛不住生理极限，耷拉下来——这样的惨剧在每个胶卷里至少会出现两三回。倒是偷来的照片，画中人没有心理负担，只有意外之喜。喜终究形于色，所以放肆一点的动作、平时不敢轻易尝试的表情，往往出现在第三十七、第三十八甚至第三十九张（人品爆棚才会偷到第三张）。这大概是人世间最皆大欢喜的“偷”——在稀缺的载体上，我们仿佛又额外留住了一点岁月。

但载体终于不再稀缺，柯达终于倒闭，技术进步让我们偷着偷着——就不用偷了。现在，我们对于数码图像已经熟悉得仿佛能从活人脸上看出像素来。每天，我们都会把无数个自己存在云上。那个叫“云”的东西好像大得没有边，它给予我们在胶片时代无法想象的自由——你想怎么拍就怎么拍，你想拍多少就有多少。出门旅游，你对着日出和瀑布，举起自拍杆对着海滩上的你，你们，按下自动连拍。影像与影像之间没有空隙，你以为再也不会漏掉什么珍贵的记忆了。

然而，对于大多数人的大多数的照片而言，拍下的一刹那就释放了它所有的存在感。我们不需要整理，不需要冲印，不需要把它们一张张插进照相簿。几个月以后，偶然想起这次旅行，好几个G的影像交叠在一起从眼前滑过。太多的面孔几乎等于没有面孔，你甚至已经懒得再去找它们究竟储存在哪片“云”上了。一年以后，你对于自己去年的长相，也许还不如对几十年前的自己来得熟悉——那个青涩慌张的你，寥寥几张照片，早已飞出发黄的相簿，铭刻在你大脑的永久储存盘里。

这实在是一道难解的数学题：我们试图用技术填满记忆的盲点，减少岁月的流逝，但最后真正珍藏在我们记忆里的东西，到底有没有增加，或者说，到底是不是更清晰、更美好？

有时候，我会胡乱想象一个更古老也更模糊的时代。没有照相机，甚至，没有玻璃。那时候的人们，赖以建立自我认知的参照物，只有幽暗的、摇晃的水面，或者，一面铜镜。希腊神话里的纳喀索斯，也许人物原型只是个高度近视的文艺男（那时候当然也没有发明眼镜）。临水照伊人，越照越看不清自己。思虑愈深，好奇愈重，对于那个模糊形象的想象（反正也看不清脸上的雀斑或者肚腩上的赘肉）愈是美轮美奂，他离最终溺水而亡的宿命便愈是切近。原来，最致命的爱情——无论是爱别人还是爱自己，都更容易发生在模糊的视野里。

电影《聂隐娘》的编导，无法理解原著里的隐娘何以见到磨镜少年便认定非他莫嫁，只好给这个角色加上复杂的身份来增强说服力。其实，只要把人物放回到唐朝的情境里，这个问题就很容易想通。在一个从小就被拐走、充当杀人机器的少女眼里，一个能把镜子磨到闪闪发亮、能让她更清楚地看到自己的少年，当然具有某种神秘的、难以抗拒的魅力。尽管青铜镜再磨也只能看到个大概，但毕竟像素是大大提升了。这一点，你只要跑到现在的大街上，看看有多少女孩子在假装看街景的时候对着橱窗照镜子，就完全可以理解了。

“此人可与我为夫”，聂隐娘一句话约定三生。我猜，说这话的时候，她正对着新磨的镜子盈盈一笑，笑容的明亮度，大约可以比照在这个世界上第一个拿到自拍杆的女孩。

自拍杆改变世界，这话并不夸张。女人们（当然也包括越来越多的男人）握住它，仿佛握住了塑造自己形象的主动权。她们擎着它走遍全世界，晒自拍晒到差点让军事基地泄密，或者擎着它一头撞上收割机——收割机上一人受伤，自拍者毫发无损（以上事例请自行搜索相关新闻）。拍完之后、示人之前，各种便捷的修片软件早就枕戈待旦，随时给你加上暧昧的光线，随时美白你的皮肤，修正你的腰身，把所有的脸都嵌进完美的模板。当摄影从模糊一步步走向清晰的极致时，人类的眼睛和心灵反而有点不胜重负——我们拒绝接受几千万像素呈现的毛孔，气急败坏得就像听到魔镜说真话的白雪公主的后娘。我们迫不及待地要把这些照片 P 回到略显朦胧的状态中去。

就这样，我们一直在模糊与清晰、真实与虚假的影像间摇摆，跟自己的眼睛——也跟“自我”投在心中的倒影，玩着捉迷藏游戏。前几天，我的女儿兴致勃勃地教我怎么在手机上玩美图秀秀，怎么在她的照片上加上小黄人的眼镜和 HelloKitty 的耳朵。我问她：“你最想把自己变成谁的样子？”

“奥黛丽·赫本。”她的眼睛闪着光，指给我看她存在手机里的《罗马假日》剧照。在天天都做梦的年纪，偶尔扔下泰勒·斯威夫特，迷上六十多年前的小公主，也算是换换口味。

“妈妈，那时的人，皮肤真好啊，所有人都那么好。”

我很想告诉她，那时的摄影技术呈现精微细节的能力其实远不如今天那么强大。沉淀在黑白胶片上的，是或多或少地欺骗了视觉与记忆的美丽——就像你的美图秀秀正在努力做的那样，就像这世界上大多数事情那样。但是看着那些正在她额头上拼命刷存在感的青春痘，我笑笑，没说。

冬姐

三十几岁的梦跟十几岁的梦，在空间感上没有什么差别。凡是被梦里认定为“家”的，总是我从出生起居住的第一个地方——此后辗转搬过的住所，从未出现在梦里，或者即便出现，也只是抽象意义上的“房子”，不会在梦醒之后再记起，不会在梦里先拉个全景，再扫一遍细节，从幕布上凸出来变成3D，梦里也不会有第一人称的轻声自语：到家了。

我住一楼，既暗且潮，黄梅天里的水泥地和墙面上总有水渍。天一热，家家户户便关不住门，有时候连晚上都虚掩——夜不闭户并非纯粹因为民风淳朴，那时普通人大都家徒四壁，并没什么值得偷。敞开的大门，哪怕对像我这样安静的孩子，也是无法抵挡的邀请。我往前走，跨过门槛，外婆在我身后喊：“别跑远。”我不跑远。常常地，我沿着木楼梯往上走，二楼，左手那间。

后来年事稍长，看了电影《孤星血泪》，再回忆起“二楼左边”，就觉得我当时那种总想窥视到什么的心态，跟皮普有点像。那个房间与英国大庄园当然相去甚远，我看不到镂花的铁窗、搁了几十年爬满老鼠的婚礼蛋糕，抑或一屋子全都拨在同一个古老时间的钟，但和那小说一样的是，窗户边的椅子上，早晚老是坐着同一个人。她当然不是老小姐郝薇香，身上没披过几十年脱不下的婚纱，可她的姿势，那种仿佛可以永恒的静止感，嵌得进《孤星血泪》的每一格画面。

她叫我小姑娘，叫一声便笑一笑。她当然有自己的名字，可是大人们似乎有意忽略掉那个略显庄重的符号——这跟他们对她一向的态度是吻合的：多说无益，一笔带过就好。她有个天天在外面挥着木头手枪追野猫的弟弟，于是每次提到她，通常发生在数落那个熊孩子之后：“冬冬又闯祸……这回是窦家妈的玻璃窗。跟他姐姐哪有一点像的地方？！呃，冬冬姐姐是可惜了……”

“可惜了”是左邻右里对这个姑娘的终极评判。一讲到这三个字，大人就自觉截断话头，叹一口气。我擅自把“冬冬姐姐”精简成“冬姐”，因为这样更像是一个人的名字。无论如何，“冬”之于她是恰如其分的。大热天看到她，瘦极而静，静极而凉，周遭降温两度决非夸张。我从来没见过比她皮肤更白的黄种人，但用雪白苍白之类的词儿来形容都不准确。那是一种半透明的、好像能看见血管走向的白色，如果你养过蚕，见过它们快要吐丝时的样子，就能大致想象出来。再细看，冬姐的指甲根泛着异样的颜色，在不同的阳光中或紫红或青黑。这面貌模糊了年龄感。按照后来的推算，冬姐年长我六岁，那年正满十六。

但是十六岁的冬姐不上学。大人说以前她也去过几天学校，学校怕出事，读了几天便劝退。我去看她，总能在她身边看到几本卷着边、封面上画满骷髅头的小学五年级课本。“冬冬的，”她笑，“他六年级，用不上啦，我翻翻。”“课本不好看，”我说，“你为什么不看连环画？”她还是笑：“以前也看过一点，不过家里买的少……小姑娘，你看得多，你给我讲讲？”我环视那房间，看不到什么闲书，更没有电视机。这也难怪，当时电视机尚未普及，全楼上下统共也就两台，我们家那台十二寸黑白的“日立”是其中之一。

于是我讲《岳飞传》里的陆文龙，《杨家将》里的杨宗保，《红楼梦》里的贾宝玉，《花仙子》里的李嘉文，《血疑》里的三浦友和。在我眉飞色舞、添油加醋的转述中，他们的样貌被拼接成天下最好看的男子。说到兴起，我索性到楼下搬来几本连环画。她翻开，又合上，再翻开。“为什么都没有你讲得那么好看？”她眼梢弯出一道弧线，“故事还是要听你讲。不过书在我这里留几天吧，我用透明纸描描看。”

我有点舍不得，却没法对冬姐说出一个“不”字。小时候我很少跟同龄的孩子一起玩，更喜欢跟在十几岁的“大小人”屁股后面转，哪怕远远地看着也行。我羡慕他们胸前闪闪发亮的重点中学校徽，想象着他们在替我预演人生的下一站。但冬姐是个偏出一切轨道的例外。我隐约觉得，有好几种年龄在她身上并存：面容尚且青春，起居一如垂暮，至于心智——显然大人希望她安于停留在童年，可她自己并不这么想。这些堆积在一起，构成一个美丽的、不食人间烟火的侧影。有时候我拉住圆顶蚊帐的一角，裹住脸和上身，对着衣橱上的镜子扮“公主”（那个年代最简陋的 cosplay），居然暗暗希望镜子里能出现她的侧影。

不过我的慷慨也不是没有条件的。“看你一直都窝在家里，”我问她，“敢不敢跟我出去转转？”在我的记忆里，前两年，天气好的时候冬姐间或还会出门，会不声不响地自己搬把竹椅子到门口的大柳树底下乘凉，看我们几个小姑娘跳皮筋。七十一号的窦家妈每一次都会嚷起来：“哎呀，你妈妈知道吗？冬冬不帮你搬椅子吗？”“我自己可以，”冬姐白皙的脸（那时候似乎多少还透着一点红）一下子就严肃起来，“阿婆我可以的，竹椅子呀，很轻的。”窦家妈不甘心，看我在边上就扔过一把蒲扇来：“你给姐姐赶赶蚊子，花脚的，毒着呢……”窦家妈心细，经她这么一提醒，我才发现，冬姐手臂上的蚊子包似乎比任何人都难退，常常一直红肿到冬季。我听话地放下皮筋，接过蒲扇，凑到冬姐边上。其实也不全是为了做好事，我很喜欢跟着冬姐的视线，观察周围的物事——虽然书念得少，她却像是正好借此空下整个心灵，装一点别的东西：一只装着萤火虫的玻璃瓶，一枝抽出花心便可以吸到清甜花蜜的一串红，或者夜空中排成某种特殊图形的星星……

想到这种机会在这两年里越来越少，我突然生出几缕恨意，像中了邪那样一个劲地忽悠她出门。“去‘坟地’吧，敢不敢？你不是一直跟我说，家里人都不许你去那里吗？”“跑这么远？不行，他们要发火的，他们……”我第一次看到她脸上出现了既兴奋又恐惧的神色。“可他们不在啊！其实真的不远。我保证，只要半小时。”我坚持。“天倒好像真的比昨天凉快呢……”她的目光投向窗外，口气越来越软。我知道我就要得逞了。

要说清楚那片所谓的“坟地”，先得大致描述一下我从小的居住环境。即便从“地貌”上看，那个始建于50年代的工人新村也很像个真正的村子。此地本来就向下凹陷，再加上与它依傍的那座桥形成落差，所以走出家门口时常常有站在山脚下的错觉，就连过条马路也值得我激动一会儿。我的童年，就被那条马路那座桥斜着身子揽在怀里，外面的车水马龙到这里就先过滤掉一层。我的家，往东北五角场方向走十来分钟就是大片农田，夏天乘凉的保留节目就是到田埂上采点野花，或者捂着鼻子参观猪圈。当年不懂什么叫世外桃源，也没有环保意识，只当全上海人过的都是一样的日子。老人们讲我们脚下的这块地方，原先是大片坟墓，有一小块类似于街心花园，通常被看作是最容易“闹鬼”的地方——至少在大人嘴里，这是有效的恐吓方式。他们总是要我们闭上眼睛，想象解放前的半夜，这里到处会闪着蓝莹莹的光。

就算真有鬼火，大白天我们也看不到。盛夏的阳光穿过树缝，结结实实地砸在一块拱起的、有点像防空洞的水泥地上。我不知道那到底是什么，却起劲地指给冬姐看——那是我心目中最像“坟”的地方。回过头，我才发现她的脸比平时更白。刚才这十分钟的路，她停过两次，出汗，喘气。不过，此刻她眼里倒是没有一点恐惧，甚至还挤出了一丝笑容。“我妈不让我来，”她说，“为什么不呢？我觉得这里眼熟得很，要么梦到过？”

四周确实安静得像一个梦。我第一次看到，她站在树下，比我高出一个头，浑身上下却几乎分辨不出一丁点发育过或正发育的痕迹。时光在她身上懒洋洋地伸展，又倏然凝滞。她好像真的在专注地听着什么，试图用某些细微的动作加以回应，而站在一边的我倒被隔绝在这个世界之外。置身于这样的环境中，她贴切得就像是一首诗最后一个需要拖长的韵脚。但这一幕没有持续多久，半小时还是一刻钟？或许只有在我的意念里才有那么长，实际情况不过几分钟而已。总之，她突然开始抱住胳膊，然后，缓缓往下蹲。

我急了，一个大步跨过去扶她。她的身子真轻啊，我没花什么力气就把她扶正了，但她在拼命摇头，示意我不要乱动。我开始哭，事情已经超过了一个十岁的孩子可以控制的范围，我觉得坟地里也许真的钻出了什么要把我们掳走的怪物。直到两个路过的邻居把几近昏厥的她和快要哭傻的我一起架回家，这件事才算告一段落。

接下来的一切，在我的记忆里，都是以快进速度播放的通俗剧。救护车。她妈妈和我妈妈严肃的面孔和低语。以及一种医学知识的普及：先天性心脏病。“可惜啊真是可惜，”我妈翻来覆去地说，“听说她这种情况，这两年已经有根治的手术，只要三四岁开一刀，以后就能正常生活。可是她小时候还没有，呃，也许外国有。现在这里倒是也有了，可她已经长大了，手术对她没用……”

“没用”的意思就是：从冬姐出生的那一天起，她的家，她的邻居，她身边的一切，还有她自己，都知道她会在最好的年纪死去。那一颗缺失了某个部分和某些功能的心脏，会随着她身体的成长、青春的来临，不胜负荷——像一个残破的泵，面对越来越多向高处、向远处延伸的水管……工人新村家庭没有小资化的多愁善感，他们无法按照《血疑》里大岛茂的逻辑生活，也不可能具备他那样的财力。他们不告诉她她有多漂亮，他们暗暗地替她计算时间，每扔掉一本旧日历就多一点绝望，他们不敢让她多吃——幸好她从来不爱吃，不敢让她多出门，甚至不敢爱她，免得以后忘不了她。

这是那种你一旦碰上便被迫长大的事情。你看着她蹲下去的那一刻，就注定了后来你没法不去钻牛角尖，不去思考那些超越年龄的问题：时间，以及活着，到底意味着什么。生如夏花死如秋叶是生命的常态，那么生如秋叶死如夏花的人生该他妈怎么算？你没法不造几个这样的句子来为难自己，正如你没法不去找本医学书，然后在里面看到这样一行字："法洛氏四联症患儿在活动时经常蹲下来休息以减轻气促，请让其自然蹲踞，不要急于扶持……"

于我而言，她在那天已经死去，以后的那些事我再也无法厘清时间顺序，它们都像是在同一时间发生的：冬姐又进过几次医院，医生说还能拖一段。他说活到这个年纪已经是奇迹，大概是因为这姑娘实在懂事。情况一度稳定，但直到她走，我都再没进过她家的门。别人说冬冬家买了电视机，从此冬冬挥舞木头手枪时有了模仿的对象：许文强。某天，她妈妈把那几本虽然被翻旧，但显然被人用手一页页压平的连环画还给我，还有几张用铅笔照着书上描好的图。都是过于清秀，好看得像女人的男子。"最后一晚，她说她要洗澡，而且一定要自己洗，说别人洗不干净。"冬冬妈妈带着哭腔说，"她说她不怕死，就怕邋邋遢遢地死……其实，她什么时候邋遢过？"

风鳗 · 汤团 · 年夜饭

童年，每个春节的记忆，都是从外婆撕下一张日历，在背面写下“冷盘”两个字开始的。倒推回去，那一天离年三十至少还有一个半月。

外婆幼时不识字，母亲说她是在生了一大堆孩子之后，才靠解放后的“妇女识字班”学会读写，次次都考第一。我没见过外婆在别处施展，但年夜饭菜单上的字迹如今想来仍是历历在目。没有错别字，一笔一画都工整而实在，仿佛尽力把无形的格子撑满，就像外婆起锅装盘，务必要在已经沉甸甸的小山上再码一块。

说起来这一份菜单每年都相差无几，祖孙三代十几个人，八冷八热外加一个大砂锅和两道主食。两年的菜单之间，往往只有些微调整，比如把清炒螺蛳（加一点酱油，决不放辣）换成蛤蜊炖蛋，把苔条花生改作油炸龙虾片。后者虽然在年夜饭的大文章里，最多只是一段凑趣的花絮，烹饪过程却赏心悦目。我完全无法抵挡虾片一进滚油便绚烂盛开的景象。回想起来，那种夸张的、任由体积舒展和香味溢出的速度带着挥之不去的性感——是的，性感，如果20世纪80年代我就知道“性感”这个词的话。

也许，在其他省份的人看来，有那么一种明确的可以称之为“上海菜”的东西，他们把这种东西粗略界定成一大堆跌进糖罐和酱油缸里、看不清面目的肉食或者豆制品。反倒是住在上海的人，说不清正宗的上海菜究竟应该是什么样子。哪怕不计入远至川粤鲁甚至西餐的影响，单单长三角各地移民在上海家常锅灶上的微妙融合与差别，也不是用一句“浓油赤酱”便可以概括的。比如我们家的年夜饭，若拿服装比拟，则里子属于宁波人（我的母系亲属都是宁波裔），套一件上海“本帮菜”的背心，里子露一半藏一半。我们家的菜一点也不甜，但老宁波那种咸到骨头里的狠劲也被消解了大半。地道的宁波“下饭榔头”——臭冬瓜或者苋菜梗——由于受到我母亲那一代的抵制（他们都出生在上海），一直在我们家绝迹，我儿时只能偶尔听外婆念叨两句。在宁波重口味系列里，黄泥螺是我们家老少咸宜的底线。

等到西北风刮至最猛烈时，外公会去菜场，弄回一条中等偏大的海鳗。头尾切下清蒸即食，中段洗净，抹上盐，用棉绳串起来。如果要描述这种鳗鲞的制作方法，只需要在我们家残存的甬语词库里取出一个名作动的“风”字就可以了。

“家伟，”外婆吩咐二舅，“把鳗‘风’起来，日脚（日子）要算好。”

于是二舅就把那段鳗往阳台上一挂，每天负责去捏一捏、闻一闻。万一那年气温偏高，鳗肉的色泽在年三十之前就开始泛黄，外婆就只好一迭连声地叹着气提前把它取下来吃掉，同时在菜单上画掉那个叫“鳗鲞”的冷盘。只有在气温、湿度和风力都恰到好处的年份，我们才能在年夜饭桌上吃到雪白的、韧劲十足的、盐分含量恰巧能完美呈现鱼鲜的鳗鲞，谋事在人而成事在天。好玩的是，对面阳台总是跟我们家踩着同样的节奏，他们也会在这段时间挂上更具淮扬特色的风鹅或者风鸡（鹅在上海菜场很少见，所以常常只能退而求其次）。这戏码年年上演，阳台与阳台之间，乡愁的旗帜互相叫板，迎着西北风傲然飘扬。

儿时的年夜饭，DIY 程度之高，远远超过现在的想象。在前超市前冰箱时代，无论是熟菜还是半成品都匮乏，准备一桌好菜不仅需要良好的家庭传统和熟能生巧的经验，也需要细致的人力调配和时间管理。外婆当然画不出流程图，可她脑子里装着精密的倒计时仪，知道用烧碱发鱿鱼干、让老蚕豆发出芽（炖得酥烂的发芽豆配雪里蕻也是宁波家常菜中的一绝）需要几道工序，从哪一天开始操作；也知道大砂锅里的肉皮肉丸百叶结须得早早准备，才不至于在最后一天占掉水槽和油锅的宝贵空间。最后两天，碗橱辟出越来越多的地盘放自制的半成品，比如用水煮过一道、等待酱烧的鸭子，煎炸完毕等待再加工的青鱼块，以及制作八宝饭不可或缺的豆沙（这可是用赤豆煮烂以后用纱布一层层滤净的纯手工制品）、红丝绿丝和瓜子仁。这时候外婆不仅得照看厨房进度，还得留一个心眼防备几个被香味勾引出整整一年馋虫的孙子孙女——那几天，我们有事没事老爱绕着碗橱走。

春卷的荠菜肉丝馅和蛋饺总是安排在小年夜完成。母亲用金属勺子做蛋饺的手艺全家公认，所以那天她总是忙到很晚。蓝绿色火焰顶上，勺子里的蛋液凝成薄薄一层，我喜欢凑在边上，抢着舀起一小勺肉馅倒在上面，然后看着母亲灵巧地一抖手腕，另一只手飞快地用筷子合拢蛋皮，就像安抚一只振翅欲飞的黄粉蝶。

大年夜当天清早，最能决定家宴成败的原料庄严抵达：一只正值壮年的母鸡。鸡不能太老，否则肉身不宜白切；也不能太嫩太小，否则没法满足一家老小的胃口。阉鸡最美味，但很少能买到，多半还是得凭着经验在母鸡里挑一只个头合适的带回来。大人忙成一团，有烧水准备拔毛的，有到处找菜刀剪子的，我分配到的任务是找一只空碗，盛少许温水，抽一根筷子，单等着鸡血滴下的那一刻接在下面，同时用筷子在碗里沿顺时针方向画圈，如此收集的鸡血才能在入汤时保持嫩滑。

选好一只鸡的结果是成全三个菜。大火水煮，拎出鸡身切块蘸酱油，就成了最能检验鸡肉质地的白斩鸡；留下那一锅泛着黄澄澄鸡油的好汤，外加鸡头鸡脚鸡血，就构成了大砂锅的主心骨——若没有这锅汤，之前备好的肉皮肉丸百叶结粉丝鸡毛菜，就只是失魂落魄的散兵游勇；鸡肚子里的那一副胗肝心肠，最适合与纤细碧绿的本地芹菜爆炒，上海人唤作“炒时件”，若论鲜香清爽，其他用下水做的菜都及不上。

但年夜饭远远不是春节饕餮之旅的终点。晚餐吃罢，电视开着，但没有人认真看。有人用湿布和干布细细抹了一遍八仙桌，白的粉、黑的馅次第摊开。于是，一年一度、筹备期长达一个多月的汤团大戏终于迎来了高潮。

这确乎是一件大事，几乎可以看成是宁波人在上海的某种标明身份的集体仪式。那时，汤团之于我们，绝不是装在塑料袋里的文雅的速冻食品——前者强调的是“芝麻”，而我们宁波人却理直气壮地以“猪油”命名。我们认定，那种用大块大块的肥膘熬成的板油才是宁式汤团的灵魂。“猪油汤团”的整套工序耗时长久，需要一家大小的配合。把时钟倒拨到一个多月前，外婆会先到斜对门的老宁波窦家去串个门。窦家的大石磨是镇宅之宝，每年过年前都要在街坊里排个班，轮流出借。到了约定的那一天，两个气血方刚的舅舅抬起石磨往家扛，头上冒着汗，嘴里喊着一二三。

那真是个力气活。外婆事先早就挑选好成色过关的生糯米，淘洗干净。三个舅舅外加我爸爸和姨父，五个男人从早到晚，通宵轮班将糯米磨碎。那天晚上我总是磨蹭到很晚，我喜欢听水流滴进石磨发出的轻微如同叹气的声音。男人们年年推一次磨，个个都是有经验的熟练工，一边推一边不断加水，稍有偷懒造成水分不足，就会大大影响后面的工序。我在推磨的声音中入睡，第二天醒来就看见厨房里冒出一脸盆一脸盆乳白色悬浊液。外婆把它们一点点盛进布袋里，搁到阳台上沥干水分，两周以后开始变出水磨粉的样子。只有洁白细致不结块的颗粒，才能证明那天晚上的劳动质量达到外婆的标准。

女人们也没闲着。在那个月里，她们会将板油剥皮抽筋，用小石臼碾碎刚刚炒熟的芝麻，拌上绵白糖（绝对不能是砂糖），三者合一，反复揉捏成“黑洋沙”，搓成一个个乌黑的小圆子。年夜饭过后，大人小孩都围坐桌边，有人将粉和上适量（到底怎样才算“适量”，反正我从来没搞清楚）清水，捏成长长的糯米条，再掐成一段段当汤团皮。承担下一道工序的人手脚一定要快，在水分走失之前将皮经过一番揉捏后塑成杯状，迅速塞入馅，小心翼翼地将皮合拢、捏实、搓圆——用我表弟的说法就是“把黑的包进白的里”。水与粉、轻与重、谨慎与果断之间的分寸拿捏，在这个过程中体现得淋漓尽致。只会包饺子的人第一次上手裹汤团，多半会把“白的”揉进“黑的”，变成一坨黑白相间的雨花石，粘在手上甩也甩不掉。

如此一步步跟下来，我每天都能根据鼻腔里充满的新鲜气味，判断汤团工程进行到哪个步骤。最终，大年初一早上，当我咬开那层薄薄糯糯的皮儿、舌头被墨黑的馅烫得起泡时，此前漫长的辛苦铺垫便在瘫软的味蕾上一层层展开。年三十晚上裹好的汤团初一早上煮，初一晚上再裹一批留给初二，依此类推。吃到初十左右，当肠胃开始对高油重糖暗暗生出审美疲劳时，“黑洋沙”馅的储备也恰巧耗尽，剩下的水磨粉或是搓成更小的圆子，加入酒酿煮汤，或是压扁放到油里轻炸，再蘸少许绵白糖吃。如此夹花着再吃几日，元宵一到，这个年就算过完了。

当我终于学会包出完美的猪油汤团之后，我们家便搬离了那片区域。新房子周围的人家都没有大石磨，我的外婆也已经老得没力气指挥这么复杂的工程。再后来，超市里出现了速冻汤圆，只要你乐意，哪怕在三伏天都可以享受这份大工业提供的便利。你不需要用舌头分辨皮与馅的层次，也没时间让味觉唤起视觉和触觉的双重记忆，更不必承担被等待提升的期望值。大概这样也好。

三个老头儿

回想起来，20 世纪 80 年代我念小学那会儿，读书真是一件相对单纯的事。比方说，我父亲会仅仅因为不愿让我多过两条马路（那时候家里不可能匀得出人手接送我上学），就放弃区重点小学的名额。六年里我上的都是家门口的普通小学，代价是考初中时出了一身冷汗、分数刚够踩上市重点的那条线，换来的好处是：每天作业都能在学校里做完，下午三点半之后，我就只管一个人泡在父亲的书柜里。

那时候没有新东方和奥数班，家里有钢琴的人几乎是怪物。直到三年级，我才参加了平生第一个兴趣班（那时都是免费的），起因也有点奇怪：我塞进课桌里的一个笔记本上记着几句我随口诌的词儿，被好事的同桌拿去向大队辅导员献宝，后者那时大概正在给区少年宫招募学员……总而言之，很快我就收到了“儿童诗歌班”的邀请信。后来才知道，发信的老师姓诸葛，是个快退休的老头。

虽然早就有思想准备，知道这位诸葛先生不会有羽毛扇，但初见之下，还是大失所望——干瘦的身板，半秃的脑门，加上脱落了大半的牙齿，看上去早就过了六十岁。他不怎么爱笑，普通话里夹着浓重的岭南口音，既不擅长侃侃而谈，也不见得能循循善诱。比起隔壁的“儿童电脑班”（彼时正值“电脑要从娃娃抓起”刚刚发表），这里非但人气衰微（不超过十五个），而且哪怕在人数达到峰值时，也没有谁在认真听讲。

奇怪的是，诸葛先生对这些好像一点儿都不理会，最多偶尔停下来，叹一口气。他上课的方法简单得全无技巧可言，每次都捧了一大摞书，每本都夹着几张白纸条，每个夹着纸条的地方一定都有一首诗，排名不分古今中外忠奸善恶。常常是刚才还在讲“却话巴山夜雨时”，突然一个急转，就拐到了“假如生活欺骗了你”。他会一首一首地写在黑板上，一笔一画都像是拚尽了全力，写累了便眯着眼睛歪一歪脑袋，像在鉴赏一幅古画。他很少作什么口头评点，却很喜欢在诗句的字里行间作一些符号，比如涂个圈、画个惊叹号什么的，那些地方多半就是他最在意的句子了。先生让我们跟着抄，连那些符号也不可以落下。可他总是等不及我们全抄完，就急忙吩咐大家扯开嗓门朗读，声音越大越好——基本上每首诗都被我们念得支离破碎，先生倒不苛求，反而摇头晃脑地打着拍子。下课铃多半总是在这种节骨眼上响起来，我们戛然而止（我那时多半在想，8 路公交车少坐一站就可以省下钱在车站旁买个油墩子解馋），诸葛先生也会一下子愣住，看一眼讲台上躺着的那一堆书，一脸的困惑，“还有很多没讲呢……”，照例挥一挥手，叹一口气。

好多事都是要多年以后才能“追认”甚或“虚构”出它发生的意义。诸葛先生的课，我统共也没能上满一年。记不清是什么原因半途而废的，反正当时好像也没有太在乎。直到初三那年，外校调来的一位语文老师，才以“合并同类项”的方式强化了那段记忆。和诸葛先生一样，那也是个快退休的老头，也操一口掷地有声、拒绝被普通话些微同化的方言，也有个很不常见的姓氏——我们叫他宓老师。

以年纪和行事风格推想，宓老师和诸葛先生多半都有过一肚子诗情文气被特殊年代蹉跎的经历。初三时我已多少懂些世故与故事，会忍不住将他们的形象嵌入《天云山传奇》或者《苦恼人的笑》，为他们在课堂上的浑然忘我添上浪漫主义注脚。平心而论，宓老师的课比诸葛先生上得更专业，也晓得隔两天就念一回中考的紧箍咒，抱一摞卷子督促大伙儿背标准答案。不过他总有点儿“分成两半的子爵”的颓唐贵族气，左手忙活的事儿被右手轻轻一挥，就销匿于无形，空气里残留着一点嘲讽的味道。班上有几个同学——包括我在内——的语文成绩在他看来足够好，于是常常会得到减免作业的待遇，这在毕业班里可不是寻常事。有时候碰上他特别讨厌的课文（这绝对不是偶然现象），宓老师干脆就在上课铃响之前跑过来，跟我说：“这课一点儿意思都没有，你不用浪费时间。带小说了吗？拿出来看！”起初，我简直怀疑他在说反话，类似钓鱼执法，只能讪笑着不置可否。没料到下一回，他干脆就自己带来几本，往我桌上一撂，“看这个。”

我一直记得那几本书的名字。《围城》。《写在人生边上》。《干校六记》。《洗澡》。“别的书可以不看，”宓老师眯起眼睛愉快地分享他的秘密，“这两位，一定得读。先从浅的读起，我相信你有一天能读懂《管锥编》的。”

直到今天我也不能算“读过”《管锥编》（顶多算“翻过”

或者“膜拜过”)，更别说读懂，但那些书和那些话，须臾不曾忘怀。有时候我安慰自己，我没敢在艰辛寂寞的学术路上涉足太深，宓老师其实也得付一点责任。当年我刚拿到直升本校高中部的名额，宓老师就把我叫到办公室，视线聚焦于别处，像是对我说，也像是对自己说：“你将来可别选中文系啊。”“啊？我可没想过这问题。”“进高中就得想啦。听我一句话：学英文，学点有用的。”“有用的”三个字被他加重了语气，可他随即又摸出一张书单，上面照例写满了“无用”的作品。

从“无用”一步三回头地走向“有用”，差不多构成了我高中和大学前半段的主旋律。作为一个从小就让父母师长放心的孩子，我成功地做到了基本不偏科，没有悬念的前三名，以及一路免试直升。我被那时上海人眼里最“有用”的上外录取，念时髦的“复合型专业”。哪怕是在直升后的那个暑假，我还是不太想去碰那些已经被我冷落了三年的“闲书”——我知道它们仍然对我构成强大的诱惑，一旦拿起，就难说是不是还放得下。

上外真是个有用的地方。每天早晨起来，我总能清晰地感觉到我走在一条高效务实的流水线上。东体育会路上，擦身而过的是一边塞着耳机听《美国之音》一边晨跑的人，电话亭里挤满了用各种语言向外面的世界寻找机会的人——这样的画面不仅励志，而且像一道强光，把你的生活晒成一张曝光过度的相片，不容阴影和细节。谁说文科生比理科生好混？你穿越回90年代中期的上外试试——在那里，一门外语不仅是一门外语，它通往薪酬耸人听闻的“五大”（会计事务所），通往太平洋对岸那一溜“常春藤”。在这样的环境里，我们的英语教材里充满了情景对话和应用文写作，我们的老师总是匆匆地来匆匆地走——有的是各色各样的语言培训班在等着他们去自度度人。例外的没有几位，江老师算一个。

那只是一门学分不高的选修课：英美散文选读。按上外人的习惯思维，这显然得归到为数不多的“无用”选项里去。第一堂课，椅子先有人搬过来（椅子脚给垫高过，与讲台比例合宜，坐下来能俯视全班），再是茶缸，最后才是年逾七旬的老教授本人，一步一挪地进来 。“我是江希和，”老头儿坐下来，话音里有点喘，“Call me Mr.River.”

至今都记得他，不单是因为那一口老式伦敦音，不单是因为我们很快在《英汉大词典》的编委名单里找到了他的名字，不单是因为当时传过他好几个版本的坎坷身世，也不单是因为他从来不用现成的教材，只发一本油印的讲义，课间休息时最大的乐趣就是检查我们有没有在那份讲义上添上足够详细的听课笔记。让我最难忘的，是他从来不把文章切成一个个“有用的”词语碎片，不会津津乐道于某个词儿的社交功能，他强调的，是我在上外很少听到的那个字：美。

在他的眼里，扬眉吐气的塞缪尔·约翰逊回击切斯特菲尔德勋爵的信——那种酸，那种迂，那种春风沉醉——是美；《廊桥遗梦》最后，男人写给女人的信——那份苦，那份甜，那份今生无悔——也是美；但我们都知道，江老师最偏爱查尔斯·兰姆。说起伊利亚（兰姆的笔名）平生结巴、见到心仪的女孩子会怕羞时，他的脸上红扑扑的；讲到伊利亚因为沉重的经济负担，一辈子都只能在账房里朝九晚五，只能在晚上写作时，他一声接一声叹气；讲义内，19 世纪的伊利亚与精神病严重的姐姐相依为命，被迫终身不娶，姐姐病发时他们俩只能手拉手一起哭……讲义外，江老师的情绪也跟着忽上忽下，有好几次都几乎挣扎着要从高脚椅上站起来。

好像就是在去年，我突然想起这些旧事，上网搜了很久江希和的名字，才发现零星有几篇昔日学生追思老教授的博文。虽然早有预感，但猛一看到他早在 2005 年已经去世，我还是难过了很久。他不会知道，一个课后甚至没有勇气拿着笔记凑过去提个问题的学生，整个大学里，唯有在他的课上，才找到了一点久违的“无用”的乐趣。他更不会知道，这点乐趣诱引着她一步步离开曾经以为理所当然的“康庄大道”——毋宁说找回原初的自己——以至于十多年后，当她坐在出版社里，翻开自己编辑的《伊利亚随笔选》时，仍然在庆幸当年的决定。

最真实的人

——忆吴劳

如今算算，至少得往回数七八年的光景。从那时起，吴劳见到我就会说：“小黄你写这个写那个怎么不写我呢？我真想看看你怎么写我啊。不过，我又想，如果你知道会让我看，就写得拘束了，就不敢说真话了。这样想想，还是等到我死之后，你再动笔吧。”

我总是回答得很干脆：“就你这么好的精神头，我哪有机会动笔啊？”

这话不是挪揄，更不是客气——我知道，吴劳平生最恨的就是“假客气”。跟他说话，我若加个“您”字他就要鄙夷，一口一个“吴老师”也会显得别扭生分。最后我豁然开朗：反正上海话里“劳”与“老”同音，一声“吴劳（老）”在他听来是最顺耳的直呼其名，在我，却正好挥去“没大没小”造成的隐隐不安。总而言之，说他精神生猛长命百岁，真没有些许恭维客套之意。没有比这话更由衷的了。在我以及许多同事朋友的眼里，元气充沛的吴劳，是不会死的。

这种信念，在他近两年频频心脏病发作送医时，不曾动摇过；在他近半年住进医院后就再也出不来时，也没有动摇过。甚至，今天早上一踏进办公室，明明白白地听到吴劳去世的消息时，我也只是恍惚了一下，没有真信——仿佛“死”这种生硬的邮戳是不可能盖在一具从来不肯安分的躯体（毋宁说是大脑）上的。“格宁，哪能哈西？”（人怎么能死呢？）吴劳总是操着一生未改的乡音（带着昆山腔的苏州话）质问我，然后不等我回答就一挥手将思路弹射到无远弗届。我起初还笑还争辩，小心地像对待其他老人那样避开所有不祥的字眼。后来我想明白了，不惮用“死”跟老爷子开玩笑，其实倒是等于跟他站在了一条战线上。“死”这种东西就在我们的谈笑间世俗化了，变得有形有迹有表情，仿佛可以拍着肩膀嘲笑，指着鼻子对骂——那不正是吴劳的强项吗？我以为，经过这些年的较量，他早就赢定了，或者说，早就跟它握手言欢了。

再往回数数，须得将吴劳的形象嵌到上海译文出版社当年的情境里，我才能让画面在眼前活动起来。1997 年，我本科毕业到译文的文学编辑室上班，每天都像是坐一趟时光隧道。延安中路弄堂深处的旧洋楼，一路要经过好几扇彩色玻璃，才能走到顶楼的文学编辑室。房间颇暗，大半是被堆得乱七八糟、随时会引发一场塌方的书——各个年代的书——遮挡了光线。须得在门口喊一嗓子，才会有人从灰扑扑的书堆里挣扎着露出上半身。基本上，我想到那间办公室，总觉得不是走进去而是“钻”进去的。每天上班钻进去，坐定，刚喝下半杯茶，就听到吴劳沿着木质楼梯拾级而上的脚步声。走一步，喘一步，叹一声，间或还夹杂几句自言自语。他一生音量惊人，哪怕在医院里卧床不起，一开口也能震得邻床的病友找护士投诉。可想而知，当年尚且硬朗时，他在楼梯上的“自言自语”，整栋楼都能听得一清二楚。

在我之前，文学编辑室已经有十多年没有招过新编辑。骤然落进这个与外界迥然相异的时空里，无论是环境之于我，或我之于环境，都充满崭新、鲜明、挥之不去的印象。我想象不出，还有哪个单位，会有吴劳这样七十五岁的返聘员工，尽管晚来早走，但风雨无阻。“不给他发工资他也会来，”同事都这样说，“他离不开这里。”

事实上，“这里”更离不开他。在电脑不够普及、网络还是一个传说的年代，吴劳凭着他的 photographic memory（照相式记忆），成了全社的 walking encycolopaedia（会走的百科全书）。在博闻强识（尤其西方文化）上，在查阅各种资料以解决翻译疑难的能力上，吴劳是当仁不让的权威，天晓得他浩瀚的大脑里分门别类地装下了多少索引卡片。比方说，外文小说对话里随口提到一个人名，我们个个摸不着头脑，吴劳记忆里的某个抽屉却已经徐徐打开了。“是那个电影吧，格蕾丝·凯利演的，对，一定是。”说话间，他已经循着这线索，从一本厚厚的原版电影史后面的索引中找到了格蕾丝·凯利的词条，再从她的演艺生平里找到片名，最后从片名找到电影中这个人物的名字。“Bingo!”老头的脸上已经挂着掩饰不住的得意，就等我们尽情讴歌了。关于这些绝活，他自己曾在文章里说过两句大实话：“我从小进了教会学校，通过大量观看西方电影并阅读英文报刊，成为一名十足的‘假洋鬼子’，1981 年初进上海译文出版社做编辑，发现特别得心应手……”(《我当初是怎样走上文学翻译道路的》)

有很多著名的翻译家都曾受惠于吴劳的“得心应手”。译文老读者若有心，翻检书架上的旧书，凡在责任编辑栏署上吴劳原名“吴国祺”的书，必然经过他一字一句地校勘与润色，而且大部分都是圈内公认的难啃的骨头。我到译文的第一天，就有其他老编辑搬来吴劳手头正在改的稿子要我选两页精读，让我直观领略“为人作嫁”的针线活究竟能达到何等考究的程度。“当然，”他笑笑说，“这只是给你看个努力的方向，也不是说非要到这种程度不可。除了吴劳自己，恐怕谁都做不到这样不惜工本。”

后来渐渐熟络了，也曾听吴劳私下感慨过两句：若非在改稿上耗费大量精力，原本自己还可以多译几本书的。确实，以数量计，吴劳的译作不算多，但其文本质量——哪怕隔了一长段时光看——都经得起推敲。《老人与海》和《马丁·伊登》当然是其中知名度最高的范本，但其实他译海明威的另两部作品《春潮》《伊甸园》，抑或杰克·伦敦的《铁蹄》、辛格的《卢布林魔术师》，乃至早已被大多数人遗忘的诺里斯的《章鱼》，字里行间都不乏呕心沥血的痕迹。与很多译者喜欢挥洒中文不同，吴劳特别重视吃透原文的多层次含义，将自己的翻译观概括为“老老实实”的“全息翻译”。他会心疼文字所携带的信息在翻译过程中的点滴流失，为此不惜查遍背景材料，详加注释。回过头看，经过长期耳濡目染，这种翻译观对我的影响不可谓不深远。至少，每当我遇到“抗译性”

强的长句，企图用几个貌合神离的成语蒙混过关时，心里便有个声音在敲打我：这样不行的，吴劳会骂的。

都说吴劳过人的天分及多年积累的知识和经验是社里的一座富矿，但你若想从中源源不断地挖掘出珍宝来，也不是一件没有门槛的事。首先得过语言关。像我这样从小长在上海的，每天数小时经受吴劳的耳提面命，也至少用了三个月时间，苏州话听力才勉强达标。除此之外，你还得具备横跨数十年的流行词语的基本储备，习惯他平均三句话里夹着五个字正腔圆的英文单词、外加一两句声情并茂的英文歌的特殊表达方式。这些还只是皮毛，更要命的是，吴劳年逾古稀还成天接受各种庞杂信息，以至于思路跳跃到近乎奔逸的地步：上一句还在宏论三中全会改革开放，下一句突然拐进寻常巷陌的水果摊，论述香蕉这种最适合老年人消受的水果是怎样一种尤物；你还在诧异香蕉跟改革有什么关系，他已经在问你有没有听过麦当娜的 *Like a Virgin* 了。这时候不管听懂听不懂，你最明智的反应就是拼命点头。老爷子自己从早说到晚，也要求听众做出热烈的反应，否则你是要挨骂的。

凡进过这间办公室而没有挨过吴劳骂的，大概屈指可数。吴劳的火爆脾气是出了名的，你工作疲沓要挨骂，反应迟钝要挨骂，观念落后不及时更新知识，抑或为人处世躲躲闪闪虚与委蛇，更要挨骂。一旁冷眼看去，有时候暗地里佩服他目光犀利，有时候也难免埋怨他不分青红皂白伤及无辜，或者不谙世故好心办坏事。我就亲眼见过一位译者实在受不了吴劳的数落，恳求编辑室主任，无论如何也要换别人当他的责编。

编辑室多年才来我这么一个新鲜人，当然迅速成为满足吴劳倾诉欲的不二人选。他那些已经在别人耳边磨出老茧的坎坷经历，在我听来，个个都是震撼人心的新故事。出生于苏州大户人家，成长于上海圣约翰逊教会学校，解放后怀揣外交官梦想奔赴北平外国语学院，到了目的地以后却发现自己进了“劳动大学外文训练班”。再后来是沿着那个年代的常见轨迹急转直下：被打成极右分子送去劳教，四年；在机床厂当外包小工，七年……在吴劳的语汇中，“1978 年”是个频频出现的字眼，因为直到那一年，他的人生才总算消停下来。在劳改农场，这位昔日娇生惯养的大学生，学会耐心，学会等待，学会生存第一，学会在一听说某个横死沟渠的死尸身上穿着他那件失窃的羊毛背心，就赶过去，冷静地把背心脱下来，穿回自己身上。

这些故事让我重新打量吴劳，重新审视他的自言自语乃至“疯言疯语”。我想，他的不耐烦，他的一点就着的脾气，他的那种试图在有限的时间塞进无限语言的努力，难道不是对那段漫长的沉默岁月的反弹吗？憋得太久，就让他说说吧。

但是渐渐的，就连我的耳边也被这些故事磨出老茧来。我们都有太多忙碌的理由，忙到有几回吴劳说了一半突然停住，也毫无察觉。十年前，译文社从延安中路搬到福州路，老爷子从小洋楼落入格子间，上班路程还远了一倍。再过几年，八十五六的吴劳终于上不动班了，每隔一两个月来一次还得由外甥陪着（他一生未婚，无儿无女）。那个空位子我们又继续给他留了两年，直到不断传来老人家因心脏病住院的消息。每回去医院看他，他还是滔滔不绝地连说带唱，甚至说得更急促更时不我待，我连一个标点都插不进，只管听。是的，就像每每接到他的电话，一个多小时他也不会让你放下来，你只管听就好。太真实的人会映照得整个世界都为之尴尬，在我看，吴劳就是这样的人。如今，他在那边朗声嘲笑着我们的时候，我们谁还能听见呢？

跌倒了就唱昆曲呗

——忆傅惟慈

早上在微信里看到老翻译家傅惟慈先生仙逝的消息，我握着手机愣了很久。悲伤无以言表，但第一波悲伤的潮水过后，我又被后悔折腾得坐立不安。回想今年 1 月去北京图书订货会，照例顺道走访译界老友新朋。于公于私，我和几个同事都把傅先生放在名单的头一个。临行前几天，傅先生的女儿还专程打来电话，说老爷子要我们赶快给个准信，定下时间好让保姆准备饭菜——“能来的都来，老爷子说了，别不好意思，别怕人多了添麻烦。一定得在家里吃顿热乎饭。”

老爷子说到做到。那天，四根柏胡同的小院里备好了热乎饭，我却因为临时多出一件推不掉的公事，犹豫再三，到底没去成。去拜望他的是我的同事冯涛和两个新入行的编辑。后来问起，两个小伙子都描述得眉飞色舞：已经有了韭菜馅和白菜馅的饺子，傅先生还怕不够吃，嘱咐女儿叫来外卖披萨，配上啤酒，中西合璧得宛若傅先生毕生从事的工作和他的家庭结构——老爷子子孙满堂，但留在北京的不多，有个女婿是德国人，家里人分布在世界各地。两个小伙子的兴奋也在我意料之中。我知道，对于初识译事艰辛的新手而言，傅先生是那种只凭一次见面便能用人格魅力替他们照亮一条茫茫夜路的人。用现在的时髦话说，那是不折不扣的正能量。稍稍让我意外的是，他们还告诉我，老爷子精神好着呢，向我问好，约我们天暖和些再去院子里晒太阳。我有些不放心，悄悄问跟傅先生打过十几年交道的冯涛，老爷子气喘病可有缓解，他说这回是真的不错，身体状况比咱们前几回见到的样子都好一截，整整聊了一下午还依依不舍。有这一句垫底，我马上开始憧憬今年秋天再去四根柏胡同做客的画面，一屋子的笑声和阳光——这画面是那么完整，那么立体，直到今天早上。

要叙述傅先生九十余年的人生旅程和翻译生涯，没有人比他自己写得更好。晚年，傅先生放下劳顿多年的译笔，专心写自己的故事，出版过《我的牌戏人生》这样篇幅不长却足以让人回味良久的小传。在那本书里，他把自己的人生轨迹勾勒得简洁清晰；至于这条路为什么会这么走，老爷子的总结同样简洁清晰：为了自由。无论是二十多岁愤而从“沦陷区”的北平辅仁大学出走，投奔当时已迁至贵州遵义的浙江大学，还是建国以后一边当老师一边迷上翻译，“文革”时差点因为一首译诗横遭大祸仍不改初衷，抑或绵延其一生的两大爱好——旅游和钱币收藏，照他的说法，这些都离不开对“自由”的向往。至于“自由”能到什么程度，老爷子比大多数人都看得通达。他喜欢引用英国政治家尼赫鲁的话，把人生比作牌戏。“手里的牌或好或坏，那是别人给你的，但如何把牌搭好，你是有自己那份权利的。”

自己这手牌原来是什么成色，他这一辈子搭得好不好，老爷子心里就跟明镜儿似的。无论如何，他好在不纠结，不患得患失，任是谁跟他聊起往事，他都说得一五一十，豁达磊落，举重若轻，不压低也不拔高。说到他英德双修、格林毛姆与托马斯·曼在笔下齐飞，他几乎是有些羞涩地笑出声来：“咳，没那么神，我是旗人，改不了爱玩的脾气，除了有些是任务，其他大部分，我总得觉得好玩儿才乐意翻。毛姆，格林，钱德勒，都好玩。你看，托马斯·曼我就只翻了《布登勃洛克一家》,《魔山》就没敢动，那书太闷，我从来不是翻着文学史挑翻译的活儿。”言毕，他不动声色地引开话题，指给我们看墙上挂着的一溜旅途留影，再从抽屉里找出他收藏的古钱币，如数家珍之余他还不忘加一句：“要不是有这些玩意儿，我大概会翻得更多。不过，如果没有这些玩意儿，人这一辈子，得多没意思啊，你说是不是？”

当时我恨不得说一万个“是”。说实话，每次看望他，或者想起他，对我们这些编辑的意义都超过工作本身。在这一行浸淫日久，我们难免时时为老翻译家们坎坷辛劳的生涯唏嘘——他们之中的佼佼者往往学贯中西、胸怀世界，却并不是时代的宠儿。在这一群人里，傅惟慈先生的性格是一抹亮色，顽强地从混沌灰暗的底子上跳出来。写到这里，我突然心里一动，打电话问上次去看望他的同事，当时傅先生手边有什么。“哦，他正在看李怀宇的《家国万里》。”

那天，老爷子一直在念叨书里讲张充和的一段，大意是：别人问张，您这么老，跌倒了怎么办呀？张说，跌倒了就唱昆曲呗。

时间的猛兽

——忆陆谷孙

我记得，念小学五六年级那会儿，在无线电厂当科技翻译的母亲并没有给我开过多少英文小灶。除了命我反复听新概念磁带校正发音外，她送给我一本《新英汉词典》，教会我如何使用它。日后回想起来，初学英语时就开始熟悉《新英汉词典》中大量典型而准确的例句翻译，实在是少走了很多弯路。毫不夸张地说，这是我一生学习翻译的最重要教材，无论是什么“观”还是什么“体系”，都是通过这些具体而微的例子一点点积累起来的。

“中学毕业前用这本就够了，”母亲说，“读大学如果上专业课，那得换我这本。”她指的是她常用的上下卷《英汉大词典》，厚厚两大本一摊开，我们家的书桌就全占满了。我看到，两部词典的主编是同一个名字：陆谷孙。

显然，这个名字是母亲的骄傲。作为复旦大学英语系六八届本科毕业生，母亲那一拨正好赶上陆先生刚开始他长达五十余年的教学生涯。六八届也赶上了运动的高潮，教学动不动被无限期搁置，所以其实陆先生只能在“复课闹革命”时才能给他们上几堂课。但我看得出来，当母亲指着词典上的名字说那是她的老师时，神情颇为自得。

谁不愿意当陆谷孙的学生呢？母亲说起陆老师当年如何以英语零基础开始（陆先生念的中学里只教俄语），如何在短短一年之后成绩就甩开别的同学一大截，自己任教后课又是讲得如何生动精彩，还多才多艺能在舞台上演《雷雨》——她用的简直是传奇故事的口气，于是我也瞪大眼睛，像听评书那样默默地替这故事添油加醋。以至于多年后，每每遥想半个世纪前风华正茂的陆先生，儿时擅自叠加的岳飞秦琼杨六郎，依然隐约可见。

再续上这个传奇，是我1997年进入上海译文出版社之后的事情了。新进社的编辑，第一件事就是领一本《英汉大词典》缩印本，容量跟我妈用的上下卷并无不同，只是字号小一点，给办公桌省出一块空间。退休返聘的老翻译家吴劳博闻强识，嘴里从不饶人，听说私下里他和陆先生也常常会在电话里争论，电话粥一煲就是一个多小时。但在办公室里，背着陆先生，吴劳不止一次地告诉我，对这部词典，他是“服气”的。他说，无论对译者还是对编者，这都是须臾不可离手的工具。有时候从稿子里挑出硬伤，吴劳会敲敲桌上的词典，声如洪钟地嚷：“越是看起来不大的问题，越是不能自作聪明。老老实实查一下‘陆谷孙’不就行了？”吴劳总是记不住“英汉大”，只管它叫“陆谷孙”，以至于陆先生的名字每天都在办公室里回荡。

我相信陆先生对这呼唤是有感应的。两年前吴劳辞世，告别仪式将近尾声，人群渐渐散去，我看到陆先生还在那里，又深鞠躬三次，久久伫立。他珍惜他们单独相处的最后时光。

近几日思虑深重，在记忆里上穷碧落，也想不出第一次见到陆先生是什么场合。只记得时间是2000年前后，究竟是通过“英汉大”编纂组引荐，还是因为我那时开始替《万象》写稿，于是在陆灏攒的饭局里叨陪末座——老实说，我记不清楚了。但我记得我语无伦次地告诉他，家母是他的学生。他问了母亲的名字和年纪，想了没多久就反应过来：“你妈写得一手好字啊。”陆先生果然记忆过人，但一想到母亲的书法基因没有一丁点传到我身上，我一时尴尬得接不上话。陆先生当然也看出来了，于是把话题岔开：“虽然我比你父母年长不了几岁，不过，按师门规矩，你得排到徒孙辈啦。”说完朗声大笑，那股子胸襟坦白的侠气，完美地契合了我儿时想象中的一代宗师。

从此，“徒孙”和“师祖”成了我和陆先生闲聊时最常用的“典故”，这多少弥补了我当年为了逃避高考（因为得到了上外的直升名额）没能成为编内弟子的遗憾。我张罗请陆先生到社里来给青年编辑做业务培训讲座，本来也是随口一提，没想到曾推掉无数大型活动的陆先生爽快应承，还手书三页纸的提纲，嘱咐我打印好事先发给来听讲座的同仁。讲座名为“向外文编辑们进数言”，勉励我们务必以“知书习业、查己识人、深谙语言、比较文化”为己任，穿插其间的是十几个双语案例。昨天找出来，提纲上的黑色水笔字迹清晰如昨。再细看，有些短语旁边还有淡淡的铅笔字：“请打作斜体。”

陆先生人生的大半精力，都用在编撰辞书、高校教学和莎学研究上。相比之下，尽管他一直对英译汉很有心得，留下的数量有限的几部译著却只能展示其才华的冰山一角。前几年与编辑冯涛“密谋”请陆先生出山翻译英国作家格雷厄姆·格林的传记《生活曾经这样》，打动他应约的是格林追忆童年往事的举重若轻的口吻，恰与他近年的情绪合拍。不过，我们还来不及窃喜太久，就开始有点不安起来。因为他的学生告诉我，陆先生每有稿约便急于"偿债"，译到兴起还会熬夜，不到两个月已经完成大半，间或还要与时时作祟的心脏讨价还价。我说您悠着点啊，不是说过一年交稿吗，他摆摆手，说伸头一刀缩头一刀，不如早点了却心事。

问题是，陆先生的心事了完一件还有一件，教书之余要翻译，课堂之外有辞书，英汉完了有汉英，第一版之后有第二版，勤勉不辍，无穷匮也。心无旁骛，一息尚存就要榨取时间的剩余价值，这大约是陆先生毕生的态度。于健康而言，这有点与虎谋皮的意思，但换个角度——换个像陆先生这样的老派文人的角度想，留下实实在在、泽被后世的成就，或许是征服时间这头猛兽的唯一办法？

然而猛兽总在暗处咆哮。站在陆先生的灵堂，我想把时间往回拨两个月。那时，我的翻译遇到难题，没敢惊动师祖，只在朋友圈里发一条信息求助朋友。没过两分钟，小窗就亮起来，陆先生（他的微信昵称是"old ginger"——"老姜"）照例主动提出他的解决方案，照例加上一句"斗胆建议，不怕犯错，真是仅供参考的"。

时间再往回拨三个月，陆先生听说我在学着写小说，嘱我务必将已发表的刊物寄过去让他过目。我想他往日更爱传记，很少看当代小说——何况是像我这样的“实习期”作者。我想他问我讨，不过是鼓励“徒孙”的客套。没想到他不仅认真读了，还强烈建议我扩展小说里的一条人物线索：“希望看到你下一篇写一个出生在二线城市里的人物，我想看。”

如果还能再往回拨一个月，时间就在2月份定格吧。那天，跟几个朋友去陆家，他一见到我就开玩笑，说我控制不住体重就像他戒不了烟——然而，减肥的事情以后再说吧，他家冰箱里的冰淇淋是不能不吃的。那天，陆先生笑眯眯地看着我们吃完，状态之好，兴致之高，是我近几年从未见过的。那天，春节刚过，小小的客厅里洒满午后三点的阳光，时间的猛兽在打瞌睡，你简直能听见它轻微甜美的鼾声。

海外关系

一　1938 年

鹤棠轻易不跟妹妹“相骂”，可一旦吵起来照例连度也懒得摆，弹出眼珠子就拣狠的说：“看看你自家面相，克死几个小的不算，连姆妈都不放过。”

风向一转，煤球炉上烟气蹿升，鹤香脸上的点点泪光也不知是呛出来还是气出来的。“阿哥你不讲道理……自己东投西撞的都不得意，就拿我撒气。”

“姆妈说算命都是要瞎子来说才作得准。这一个眼睛不瞎，嘴里倒句句瞎讲，也就是你当圣旨一样地听……”女人家就是不识数，放句狠话原是要她闭嘴，她偏从滚烫的水里捞陈年蚕茧，顽强地抽出话头，扯成丝丝缕缕——难不成鹤香去丝厂做工，手指上成天起泡不算，连嘴也跟着学老了？难道非要逼着他，学着算命先生的样子，把她拉到镜子跟前，在那两道长到中段便陡然淡下去的眉毛上指指戳戳？“命硬，命硬，贼骨挺硬啊，”算命先生说，“比伊小的孩子都难养……”

岂止难养。姆妈和爹爹一共生过九个，只活了鹤棠和鹤香。最没道理的是老三和老四，眼看着快念学堂，只消旋风似的一场瘟病，便前脚后脚去阎罗府销账。爹爹从英国轮船上下来，铁青着面孔跌坐在灶间，许久才叹一声：“大半年不见，没别的好事，倒挑出一担尸首来给我看。”

生到第八第九轮时，姆妈仿佛从头到脚都给抽空了汁水，一把骨头上贴着层锡纸样的皮，像是糨糊没舍得多用，皱得不成体统。姆妈日子挨得厌气，逢人只说节省用度，洋郎中是铁定不瞧的，连那位算命先生也不准近身。及至东洋人终于从北站打过来，一家人慌忙抛下杨树浦八大头的房子逃进法租界，姆妈便在一路颠沛中半推半就地跟这世道撒了手。鹤棠鹤香都清清爽爽地记得她的临终，倏忽间连皱纹都少了几道，这般轻松坦然的表情，在她脸上已是多年不见了。

鹤棠其实并不相信鹤香的半段眉毛能有这样兴风作浪的

本事。他只是不喜欢姆妈幽怨劳碌的面孔，又借着妹妹的絮絮叨叨，从煤球炉上浮现出来。一式一样的宽颧骨，一式一样的睁开眼睛就忧心忡忡：巨籁达路[1]上的房子续租不起，曹家渡的亲戚还没点头让他们搬过去，爹爹给家里的月钱还在路上……总之样样需要担心，样样都是问题，问着问着就把重心落到他自己的营生上去。“你头两年当小学堂的先生，我看就蛮好，结果你做两日歇两日，眼睛一眨，已经换了地方当学徒，什么什么运输馆……”

“是印书馆。商务印书馆。”鹤棠咬着牙说。一年半学徒，撑破天只是些打杂跑腿的活计，在发行所文具柜台把书捆得像炸药包，手指时不时被新书锐利的纸边划出血口。“这也无所谓，做得不高兴了，我一样可以走。大不了，我也去撑船。”

撑船，撑船。鹤棠鹤香还没学会说话的时候，已经把这两个字听熟了。不管是舟山渔村的小舢板，还是现在爹爹和阿舅他们做事的壳牌运油轮，放到宁波话里，一律都是可以“撑”的“船”。爹爹他们，一撑出去就音信渺茫，要翻去大

---

[1] 即现在的巨鹿路。

半本日历，家里才会突然被爹爹和他带回来的“货色”塞满。初时跑天津港，回来就少不得顿顿对虾银蚶；后来航线远至花旗国[2]，爹爹就会捎来洋奶粉和玻璃丝袜，一沓洋票子是塞给姆妈去换金条的，至于那几个故意轻描淡写的惊险故事，是讲给他唯一的儿子鹤棠听的。

“这一趟倒是让洋人开眼界啦。你猜怎样？我爬到桅杆顶上搞那面旗子，脑袋一昏就跌下来，下面两个大铁锚，中间的空地，也就够一个瘦子躺躺的。无巧不巧我就落在那里，一根毫毛都没伤。三个洋人，不对，是四个，围过来，面孔比平时更白——若是半当中出条人命，哪怕是中国人的命，总归也麻烦的对不对？我爬起来继续干活，他们都想不通，说天上有神明‘看牢’我的——呃，他们是叫‘主’的。洋人一开心做事情就没轻重，没过两天，他们就要我当水手长……”

“爹爹已经撑船撑到了街面上，你倒还要走回头路吗？”鹤香一句话就把鹤棠跑远的思绪又拽回来。爹爹确实说过撑船并非长久之计，他也确实靠着水手长的薪水让姆妈攒下几

---

[2] 对美国的旧称。

根金条，赁下八大头一带的半栋石库门房子，当了一阵二房东。爹爹眼光是凶的，宁波乡下不断有半大不小的后生到上海滩来学生意，撑船的，做铜匠的，当红帮裁缝的，厢房天井客堂同时租出去能住十来户人家，自开张以后就没愁过客源。但好光景也就两三年，“看牢”爹爹的神大概又回海上转悠去了，再没空管街面上的事。被东洋人赶到法租界以后没几天，八大头那边就有人来报信，说一把火烧穿了那栋房子，再也回不去了。

“如今街面上的日子，哪里会比海上更安全？”鹤棠像是在对妹妹说，更像是对自己说。他心里拿定了主意，先悄悄地跟阿舅商量，等“太古轮船”那边有苗头了，再慢慢跟爹爹交代。

二 1983 年

门敲响的时候，应该是下午四五点之间。我能肯定这一点，是因为那年我在念小学二年级。时间不会更早，否则我应该还在上课或者放学路上；也不会更晚，否则除了外婆和我，屋子里应该还有别的下班到家的大人。后来，在我那枯燥的、永远在等待着发生什么的童年记忆里，我一直乐于把“我”看成这个家族事件唯一的目击证人，一台躲在暗处的摄像机。开麦拉，门敲响，外婆在开门。隔着十几米远，摄像机先拍到一顶鸭舌帽，它比人先进来。

“你是谁？”外婆劈头问过去。鸭舌帽严严实实地罩着个矮小的老头。他身上的那种格子夹克衫的款式，在80年代初的上海，很少见。

“见鬼，你连阿哥也认不出了？”老头的嗓门不像外婆那样响，但他的宁波口音——哪里拖长哪里转腔——却是我们听惯的那一路，像是改换了音质的外婆的回声。

“阿哥……哪个阿哥？”外婆的声音骤然小下去。

“杨鹤香，”这下轮到老头猛然拔高嗓门了，“你有几个亲阿哥？”

从一个八岁孩子的眼睛看，一个穿着奇装异服的陌生老头，用近乎责骂的口气直接喊外婆的名字，绝对是一件严重的事，有那么几秒钟的时间，我的视线往下移到老头攥着的手杖，以为他会挥起来打人；而事后，回想起来，我又觉得在那样的情境里，他们应该抱头痛哭，按照反映海外侨胞回乡探亲的纪录片的模式，一唱三叹地进行下去。事实上，四年以后，在小学考初中的语文试卷上，面对“喜事”的作文题，我确实就是按着这个套路洒了一通狗血，安排“外婆的眼泪”，“在眼眶里不停地打转”。那篇作文分数不算高，也许是因为假得连阅卷老师都不信。

然而，那一刻，其实什么也没发生。我的位置看不清他们的表情，可以肯定的是没有任何动作和语言。空气凝结在两个矮小僵直的身影之间。摄像机无聊得只能摇几个阳光透过门缝洒在行李箱上的空镜头。箱子的花纹和质地，都不是家里大人出差拎的那种，没有“为人民服务”。接下来，至少有一刻钟，两位主角都没有意识到屋子里还有另一个人存在。老头拎着箱子进屋，外婆去烧水泡茶，谁也不说话。直到水咕嘟咕嘟顶起壶盖，我实在忍不住去扯外婆的衣袖时，她才猛地醒过来，攥住我的手，指着老头的背影说：“昱宁喊人。”

“喊什么？”我轻声问。

“舅公，你亲舅公。”

这个天上掉下来的舅公，很快就成了挂在全家嘴边的唯一话题。比“舅公”或者“娘舅”出现频率更多的词是“香港”。这个近两年（准确地说是从 1982 年 9 月撒切尔夫人见过邓小平之后）我在无线电广播里、在 12 寸黑白电视机里反复听到的字眼，突然就跟我们家有了如此切近的关系。关起门来，我妈激动地向我爸勾勒家族树的形状，描述杨家（外婆）和孙家（外公）的近代史。其实也没什么复杂的，我只靠耳边蹭到的几句，就轻易拼出了来龙去脉。总而言之，我母亲那一脉，上几辈都是从宁波到上海这个大码头来出海的船员。他们在这个总人数庞大而交际范围狭小的圈子里互相帮衬，介绍工作，结亲通婚。我的太公跑了大半辈子船，舅公在30年代末子承父业，到“太古轮船”上当水手。解放后太古关了上海办事处，舅公就跟着公司去了香港。开始还往家里寄钱，想尽办法跑上海航线，后来……故事一到“后来”就索然无味，妈顿了一下，拿不准该怎么说。

对家史的缅怀不时被打断，因为爸妈常常被外婆叫出去到厨房帮忙。现在回想起来，那段日子家里的房门不断地开开关关，飘进来一股股让我肠胃痉挛的饭菜香味。窗外听不到爆竹声，窗里却是比春节更亢奋的气氛。白斩鸡酱油肉炒螺蛳冬笋发芽豆咸菜黄鱼汤，我就傻愣愣地看着它们像变戏法一样从桌子的每一个方向冒出来。姨父被派去采办大闸蟹，因为他有个表亲在菜场里卖排骨，可以领着他去找水产贩子，至少不会短了斤两。我清楚地记得临行前，他的脸被晚霞映得通红，像地下党接头那样压低了嗓子问外公：“十五块钱一斤，也买吗？”

“买。”外公也不自觉地压低了嗓子，“你娘舅喜欢的。”

那时候，菜场职工仍然比学校教师吃香得多，买肉买油仍然要凭票，而大闸蟹的黑市价，却在那两年里贵得像现在的房地产一般神奇，吃一顿至少得花掉普通人半个月的工资。街上总是盛传着有人花多少张“大团结”买蟹，却被小贩狸猫换太子，拎回家一看是一篮子砖头的悲惨故事。好像从记事起，家里的餐桌上每每出现面拖梭子蟹，我就会跟着大人的深情回忆，想象一下大闸蟹是何等尤物。奇迹发生得如此猝不及防：就在那个深秋的下午——是的，因为有蟹，所以我能确定那是秋天——舅公来了，于是大闸蟹也来了。分配食物似乎是外婆与生俱来的本事，姨父刚从菜场回来，她就拿出了服膺众人的方案：客人吃一对，主人（外公外婆）分一只，而陪同的小辈，各家都分到半只。这半只，每一家都给了孩子。记忆里那天的日光灯特别亮，把家里最大的八仙桌照得伤痕斑驳，把我和表妹表弟——每一个吃蟹的孩子都照得青面獠牙。好吃，我说，这话没经过大脑，甚至没经过味蕾，我觉得它就像那片映红了姨父面庞的晚霞一样，是最赤裸最美好的真理。

可是舅公吃得并不怎么起劲。疲倦似乎要把他本来就狭窄的眼睑，进一步黏合在一起。外公和外婆把他夹在中间，有时互相低声说话，好像与桌上的菜和专心吃菜的我们，自动隔开一段距离。不时传来几个零碎字眼。十八年，还是二十年，我听到外婆和舅公在为失去联系多少年而争执。看起来已经睡着的舅公突然捏起拳头闷闷地捶了一下桌子，说：“假使1968年再给你们写信，不是害了你们？”

屋子里沉默了几秒钟，等到剥蟹壳吸螺蛳的声音再度响起，外婆已经在用围裙擦眼睛。这样的眼泪是不适合写到作文里去的，摄像机自动暂停，我别过头去。按我妈后来的说法，我们家在这几十年里没跌太惨的跟头，一要谢舅公在最恰当的时间停止从香港寄钱寄信，二是亏得太公没等1956年公私合营全面开展，就关掉了那家他刚刚开张一两年、生意正兴隆的柴火铺。“到底都是大江大海上漂过的，”我妈说，“太公和舅公也算见识宽广，不光盯着鼻子底下这点地方。”

我高中毕业以前，所有的母系亲属都住得很近，外婆和小舅在隔壁，阿姨住对门。大舅二舅在苦等单位分房前，也曾拖家带口地在这几间总面积不超过八十平方米的屋子里搭过铺开过伙。上海人的房子就像是魔术师的帽子，你永远不知道这样逼仄的空间能藏下多少东西多少人口。舅公这一来，外婆说什么也不肯让他住饭店，一番腾挪之后，他便在外婆的屋子里占下半间。这番腾挪似乎比以往任何一次都容易，没有哪个舅舅抱怨自己的地盘被征用——与家门被骤然打开、远方世界扑面而来的感觉相比，眼前这点不方便又算得了什么？所有我素未谋面或者平时极少走动的远亲，从上海某些遥远的、我也说不清名字的角落次第拥来。几乎每天，都有人来喊我们家的门牌号，通知接听公用电话；几乎每天，我都会被拉到陌生的面孔面前“喊人”，表舅堂姨之类的称谓一过耳就忘，我只能根据他们往我手里塞的糖果名称——大白兔、花生牛轧、奶油话梅糖、零拷的香草巧克力——来记住他们各自的相貌特征。

过了一周左右，舅公的次子毅林也从香港过来。他不必像舅公那样，从虹口的明华坊（外婆的老房子，与舅公失去联系前的旧地址）一路找到杨浦区的控江四村，他只需来电话说定航班，二舅和姨父就一起扛着牌子去接，直接把他安顿在东风饭店。虽然转几趟公交车到机场比去趟崇明还费周折，可一接到人，他们就能跟客人一起，平生头一回坐上出租车——从此，那辆“湖蓝色、看起来古色古香的上海牌轿车”就成了他们的口头禅。也难怪，哪怕时间轴再往后挪十年，坐出租车仍然属于奢侈行为，以至于我表妹一度立志要嫁个出租车司机，可以天天免费经过高架上那个著名的外滩大拐弯。

毅林比我后来在电视剧里看到的香港人都要木讷些，阔边眼镜，脱掉夹克衫以后可以看到脖子上挂着个小小的金质十字架。他说的是那种自认为是“港普”、实际上比港普还难懂的语言，面对一屋子好奇的耳朵，难免理屈词穷，所以他给我的印象是由始至终、从头到脚都在出汗。我母亲念过英文本科，父亲是土生土长的广东人，只有当他们俩同时在场的情况下，毅林嘴里的单词才有可能被完整准确地翻译出来。尽管如此，舅舅们还是更喜欢围着毅林问长问短，看他熟练地摆弄自动相机和随身听，追问他侨汇券该怎么用，《霍元甲》的续集《陈真》里还有没有赵倩男。我一直搞不懂舅公和毅林之间是怎么交流的，毅林只能听懂三五成宁波话，而舅公的广东话和英文加起来也不会超过一百个单词，而且一律带着倔头倔脑的宁波腔，尾音总是来一个凶巴巴的沉降，就是姚慕双周柏春《学英文》里的那种调子。比方说，父亲费了好大劲，才弄明白舅公念叨的“改喽改喽”，原来是说他当年刚到香港时居住的“骑楼”[3]。“你去看金陵路那边就懂啦，”父亲得意地告诉我，“以前广东人到上海都住在那里，

---

[3] 20世纪初广州、香港等岭南地区临街商业楼房的一种建筑形式。它最早盛行于南欧、地中海一带。临近街道的部分建成行人走廊，走廊上方则为二楼的楼层，犹如二楼“骑”在一楼之上，故称为“骑楼”。

至今还留着不少骑楼呢。”

那段时间里，有关上海的历史地理知识，我增长的见闻又岂止“金陵路”这一处？要说清楚这个问题，先得费点口舌描述一下我从小的居住环境。即便从“地貌”上看，杨浦区的控江四村（始建于50年代的第一批工人新村）也很像个真正的村子。此地本来就向下凹陷，再加上与其依傍的宁国北路（原名黄兴路，建国后更名为宁国北路，80年代末又改回原名）桥形成落差，所以走出家门口时常常有站在山脚下的错觉，就连过条马路也值得我激动好一会儿。我的童年，就被那条马路那座桥斜着身子揽在怀里，外面的车水马龙到这里就先过滤掉一层，让我浑然不知所谓“上海滩”的前世今生。我的家，往东北五角场方向走十来分钟就是大片农田，夏天乘凉的保留节目就是到田埂上采点野花，或者捂着鼻子参观猪圈。而当年新村里的面貌，也是如今的小区居民无法想象的。据说控江四村原先是大片坟地（小学作文课上，老师甚至叫我们闭上眼睛，想象解放前，脚下的这片土地上半夜里会闪着蓝莹莹的光），盖上水泥砖石工房以后还是留下不少空地无人打理，基本上都是被我们这些住在底楼的居民用竹篱笆圈起来自己搞绿化的。外公有耐心侍弄花草，外婆有劲头改善伙食，于是小花园里种蔷薇丝瓜甚至枇杷树，养鸡养鸭甚至养兔子——当年不懂什么叫世外桃源，也没有环保意识，只当全上海人过的都是一样的日子。

真的是等到舅公驾到，家里的长辈才像突然醒过来一样，把一个更大更世故、年代更久远的上海，乃至以某种方式由上海通往的整个世界，都推到我眼前。我跟着他们去玩“大世界”（那当然也是打着陪舅公和表舅的旗号），在 1917 年造的哈哈镜前傻笑——其实没那么好笑，纯粹是因为这一路长途跋涉，不使劲笑一笑似乎辜负了在三辆公交车上颠簸的辛苦；南京路上，我被人流的汹涌吓得不敢上公共厕所，愣是忍了大半天；在“小绍兴”饭店的桌边，我被挤到角落里，使劲皱起鼻子吸进鸡肉的香气，一碗碗滚烫的鸡粥就在我头顶上传来传去。那时候，只要一醒来，我就能感受到阿姨舅舅们的雀跃，他们言简意赅地谈论着各种可能性：换外汇，经济担保，读语言学校，去日本……

唯一似乎与这一切无关的，只有一个人。大部分时间里，舅公就像个道具一样，被人群拥来拥去——没有一个大人有时间去想想这是件多么奇怪的事，他难道不应该是主角吗？也没有一个孩子乐于去勘探一个阴郁的老人的世界。我喜欢家里成天像过节一样热闹，也知道这热闹是舅公带来的，但我总是离他远远的。大部分时间里，他或是倚在木窗台上听听窗外的鸭子用很夸张的声音喝水，或是盯着挂在墙上的太公和太婆的遗像发呆。“你认识他们吧？”他干巴巴地问我，记忆里舅公主动向我开口就这么一次，而且不等我接口，又自顾自地往下说，“你当然不晓得的，太公走的那年，你妈妈应该还在念中学。可是我也不在啊，我在船上，哦，那年在马六甲……”后面的话我再也听不清了，他的眼神让我觉得他的前面没有墙，是一片能将再大声的诉说都吸纳干净的海水。

重述往事时，我本能地想把剧本篡改得更跌宕更有细节些。但事实是，重头戏上演时，摄影机都不在场——也可能是，唯有摄影机不在场的戏码才会在想象中激动人心。舅公此行最重要的使命是给太公太婆做坟，在连续开过两场家庭会议之后，一行人便出发到当时最近的苏州墓园。按老例，母亲和阿姨都是隔了两重的女眷，先知趣地避让了，二舅代表三个舅舅跟去照应。他的海鸥相机里破例装上了彩色胶卷，后来印出的照片上，站在墓碑前的外婆和舅公，都被正午十二点的直射阳光，弄得曝光过度。他们的表情显得那么疲惫，那么急切地等待着尘归尘土归土，同时又那么茫然地不知道仪式结束以后该往哪里走。

但舅公其实知道下一站在哪里。从苏州回来以后，又过了几天，我就知道舅公去看了一个女人。之所以知道这一点，不仅是因为家里人开始频繁念叨“玉梨”——一个听起来很好吃的女人的名字，而且外婆总是会在他们刻意压低嗓子讨论这件事的时候及时听到，并且坚决喝止。“有什么好说的？天要落雨娘要嫁的事，你们懂什么？再说你舅母也病死了，谁还能说三道四呢？”

“我看到有根金链子……这么长，哦，不对，是这么长，”阿姨跟舅舅比画了两下，争起来，“又瞎说，怎么会是假的？大老远带条假的来做什么？我猜，那是带给玉梨姑姑的吧？”

“谁是你姑姑？”外婆的脸愈发严肃了。少顷，她摇头，叹口气，“爹爹早说过，舟山女人，要躲远点的……”

三　1968 年

“舟山的女人是一条藤，”爹爹二十几年前的一句老话，此刻居然又在他耳边嗡嗡响，“你抽走她一根竹篙，她会缠上另一根。缠起来就往上长，往上长……”

其实只有在合适的阳光下，海水才是蓝的。现在的颜色就不好看，灰灰黄黄的铺张在眼前，与刚才在引擎间里那股子冲鼻的油味一搭一档，存心让他这一天过得没滋没味。难道仅仅是因为船上新来的加油工妙发聊着聊着居然聊到了玉梨，鹤棠就乱了方寸？无论是在上海还是香港，宁波籍海员的圈子永远比想象中还要狭窄，兜来转去，鼻子终究会顶到面孔，按说也不值得大惊小怪。“你也认识她呀，”妙发一边用油腻腻的手在围裙上直蹭，“眉眼弯弯，听讲老早腰身也好……你晓得么，说是又守寡了呢。”

听妙发絮叨了一通他家跟玉梨七扯八弯的关系以及玉梨的形貌特征、家世背景，鹤棠终于平静下来。好吧，就是那个玉梨，那个当年在爹爹用金条赁下的房子里当过房客交过租子，那个面孔轮廓已经模糊却有一副眉眼凸在记忆之外的舟山女人。他认识她的时候，她刚过门两年就守了新寡——同她姆妈一样。舟山人世代渔民，男人撑船横死浪头的事，比鹤棠家所在的鄞县要多得多。说句触霉头的话，舟山女人似乎个个在嫁人的时候已经做好了守寡的准备，姆妈说她们哭是哭得凶，哭完就手脚麻利地找下家，没工夫犹豫的。鹤棠倒是没见过玉梨痛哭的样子，就连他那年上船跟她告别，她也只是垂下眼帘，用睫毛盖住他所有的猜想。话说回来，玉梨上哪里去找哭的理由呢？她跟鹤棠的那点猫腻最多只是土墙上若隐若现的淡影，抓不住也不必抓。鹤棠没敢说让她等两年的话——即便他说了她也不会等，乱世里最要紧的是头顶上有块过得去的屋檐，挡风挡雨挡炮弹，也挡住大大小小的誓言。

只是，为什么近来只要想到上海，第一个在太阳穴附近突突直跳的名字不是爹爹姆妈妹妹，竟然是玉梨呢？也许鹤棠觉得自己欠她一个说法。他没法告诉她，曾有人撺掇爹爹“讨个就近便宜”，收玉梨的寡母续弦，被爹爹一句“朋友之妻不可欺”利落地挡在门外。别转头，爹爹就教训鹤棠：“你也不要掉了魂。她们家的是非比你的岁数都大，谁招惹谁就没个好，懂不懂？但凡被我抓到什么不好看的，你就自己卷铺盖走人，我养不起你！”鹤棠晓得海员圈子里既重义气又顶顶讲迷信，也听姆妈念叨过爹爹为人好赌不好色，平生最恨被女人缠住手脚。他不敢违拗，胸口却被什么东西鼓胀起来，又悄悄地瘪下去。他不由伸手一碰，仿佛摸到了一块凹陷。

如今撑船撑久了，鹤棠才相信自己确实不如父亲。爹爹是那种天生的水手，桅杆上摔下来毫发无伤，而他明明做了那么多年加油工（偶尔也当几次“头脑”[4]），碰上大风大浪还

4 海员圈里的切口，指船上的“生火长”（No.1 fireman）。

是不习惯，还是会大口大口地吐出黄疸水——每每此时，桅杆摇晃、缆绳收缩的声音，老鼠窸窣的脚步声，舱里传出的打架和笑骂声，都会突然在耳边同时响了几倍，他就会觉得自己一定是快要聋了。爹爹不管上哪里的岸都能睡得香甜，他不行。在利物浦的水手公寓里，半夜里他总是被某种甚至比船舱里更剧烈的摇晃惊醒，非要到醒透了他才恨恨地发现，四下里沉静得出奇，而他的身体居然不能适应这样的安稳。以前上海八大头的房子从没有这样安静，木头门吱吱嘎嘎哼着小调，听起来就像是哪个有八分醉意的瘪三在纠缠弄堂口的小姑娘，一夜唱到天明。那么多年过去了，难道他身上的关节还是只能和着这种调子才能松弛下来吗？他怎么就没把父亲随遇而安的脾气继承下来呢？一年到头，在那些少得可怜的不用出海的日子里，爹爹多半黏在麻将桌边，玩累了站起来跟家里人搭搭话，常常劈头就是一句恼人的，自己倒放声大笑起来："要不是你们这一张张嘴在这头等着，我当日上了花旗国的岸，哪里还会再下来？！"

爹爹这话倒不算夸张。鹤棠这一辈水手，同样有的是机会找准一处岸，便不再上船。鹤棠的同事换了一拨又一拨，那些跑了几趟船便动脑筋在利物浦或者旧金山扎根的宁波人，都好像有一条公用的流水线。勾搭（要不就托人介绍）一个当地的洋女人结婚就能混到定居身份——放心，这样的女人有的是，只要你不追究她在俱乐部里除了陪跳舞还陪男人做啥，她就不会盘问你在每月的工资里藏下多少私房钱，寄往遥远的上海或宁波，假装不知道你在那里还有一个老婆。鹤棠很清楚,这些水手在上船前大半都有过“好日”[5]。在家里的老人看来，赶在儿子出远门前讨一房媳妇，既能相帮做事，又好扯扯儿子的后腿，勾住他们的魂魄。他们想不到的是，大大小小的码头上有的是各色各样的女人，她们专门偷走你辛苦养大的儿子，替他生下一堆“夹种”，把他用性命换来的钱劫走一大半。上岸以后，这些水手也找不到什么像样的工作，多半就是开家简陋的番薯炸鱼店讨生活。

鹤棠不喜欢从这种店里飘出来的香味。华人开的 Fish & Chips 都大把大把撒味精，所以据说生意比洋人开的好，反正鹤棠觉得简直不用深吸气，味精就直往鼻孔里钻。这些店一般开不过三年，生意时好时坏不说，主要是那些合伙的哥们，别管先前的交情有多铁，都会在三年里吵翻。鹤棠也不喜欢在俱乐部和酒吧里找女人，倒不是他觉得应该对得起自家老

---

[5] 宁波话，拜堂成亲的意思。

婆，而是那些女人的个头和酒量让他害怕。只要一个人在酒吧里坐下，就会有壮硕的女人朝他挥挥手里的空杯子，嘴里含糊不清地蹦出一个单词。鹤棠英文很差，但他知道她说的是某种威士忌的名字。有一回，他手里正好多出几便士，就抖抖索索地替她买了一杯，酒保刚送过去，他就借着上洗手间的当口溜走了。

香港算是个折中的落脚点吧，鹤棠一直这么想。不管他愿不愿意承认，上海确实离自己越来越远。自从爹爹去世以后，妹妹再没追着他寄钱；他先前还会尽力争取跑途经上海的航线，哪怕去妹妹住的虹口明华坊打个照面也好，这两年连这个心思也懒得动了——那里的航线几乎都停了。间或传来的消息愈来愈可怕，搞得鹤棠老是梦见妹夫一家被关进黑洞洞的屋子里写检查。海外关系？好像这个词儿是妙发告诉他的，妙发还安慰他："我们这样的赤贫，划个成分什么的大概算不上资产阶级，这样的'海外关系'不会让你阿妹吃多少苦头的，你只不要再多事就好。"

好吧，鹤棠不再多事，十年前他从上海接到香港的老婆孩子似乎也早就转世为人。他们的广东话已经听不大出口音，熟练到让他插不进嘴的地步。每回在海上漂得久了，他就扳着指头计算归期，可是一回到"骑楼"里，他又坐立不安地想上船。香港人住的房子本来就小，他一回去就是凭空多出来一个外省人的样子，连家里人走路说话都显得不自然。老婆渐渐没有耐心跟他解释三个儿子一个女儿在学堂里的表现，他只是依稀知道他们功课都不差，老大从念中学开始就说想去加拿大。鹤棠最不习惯的是，每个在骑楼醒来的日子都必须做一堆决定，是出门喝广东早茶还是在家里烧烧只有自己爱吃的咸泡饭，或者去哪个宁波同乡家攒一桌麻将。还是船上简单啊，他想。头上是天脚下是水，没旁的地方可去，也不会突然心里空下一大块，想想以后该怎么办。

四　1993 年

舅公从不告诉我们“以后”的打算，就像他一直不乐意提“以前”的事。他似乎压根就没有计划可言，1983 年那次就是住着住着突然杀回香港去的。十年过去了，他一共来过两次，每次都只是在信上略提一笔（尽管上海的电话普及率连年增长，舅公还是从来不动用长途），人就紧跟着来了，人与信几乎同时抵达。后面两次来，家里已经不那么大惊小怪，我只记得外婆一见他进门就盯着问：“这回应该能住上一个月吧？我给你裹猪油汤团吃。”

这确乎是一件大事，几乎可以看成是宁波人在上海的某种标明身份的集体仪式。那时，汤团之于我们，绝不是装在塑料袋里的文雅的速冻食品——后者强调的是“芝麻”，而我们念叨的却是“猪油”，那种用大块大块的肥膘熬成的板油。猪油汤团的整套工序耗时长久，需要一家大小的配合。家里的男人们先要从对门的老宁波窦家借来大石磨，通宵轮班将生糯米磨成水磨粉（那需要有经验的熟练工一边转磨一边不断加水，稍有偷懒后面的工序就进行不下去），再用两周时间盛在布袋里沥干水分，鼓捣成合用的水磨粉，最后将粉和上适量（到底怎样才算“适量”，反正我从来没搞清楚）清水，捏成长长的糯米条，掐成一段段当汤团皮；女人们将板油剥皮抽筋，用小石臼碾碎刚刚炒熟的芝麻，拌上绵白糖，三者合一，反复揉捏成“黑洋沙”。如此一步步跟下来，我每天都能根据鼻腔里充满的新鲜气味，判断汤团工程进行到哪个步骤，等到最后咬开那层薄薄糯糯的皮儿、舌头被墨墨黑的馅烫得起泡时，前面一个月的辛苦铺垫便在受伤的味蕾上一层层展开……宁波人都晓得“裹猪油汤团”是大阵势，舅公自然也是会心的。“哦，那当然要等到吃过两碗再走的。”他一边说，一边近乎腼腆地笑了。

人人都知道舅公又去看过玉梨，但谁也不敢在他面前提她的名字。这一年我刚直升大学，别人在高考的时候我吹着电扇躺在凉席上，几乎是报复性地一本接一本读张爱玲的小说，发泄满肚子的恶气——为了当一名全优生，我在高中里放弃了多少闲杂小说啊。我用《倾城之恋》的格局去套舅公的民国往事，在想象中给所有穿着阴丹士林蓝旗袍飘过的女子都取名玉梨：她应该有一刀齐的刘海，男人们次第离去时，天都是在下雨吧？一定是在下，这样，黑夜里，她就可以听着屋檐滴滴答答的水声，脸上露出白流苏那样的冷笑。

实际上舅公是第一个出现在我生活里的具有“小说感”的人物。有关他的一切都是被掐走一大半的断线，倏忽间飘来（而且看样子会突然间消失），连绵不辍的空格，现在时与过去时的奇妙重叠——闲来无事，我会有一搭没一搭地填上几个字，在心里。到后来，其实我也弄不清有哪些是根据家人的讲述和我亲眼所见拼贴而成的，有哪些纯粹是我的臆造，它们全都混杂在一起。1993 年夏天，我躺在床上胡思乱想（鼻腔里仿佛充满 60 年代太平洋上吹来的咸咸的海风），难道只是为了“编造”记忆，好在十七年之后完成一篇试图“拯救”记忆的作文吗？

时间再往前推七八年的样子，外婆到香港探过一次亲。

前面的手续办得磕磕绊绊，通了半天路子外公和舅舅们也还是没能跟她一起去。外婆在上海的时候就是个路盲，她离开的那段日子里，全家人都担心她跑到香港去会不会走丢。外婆回家的日子比预定归程提早了整整两周，随身行李比去时多了一个大箱子。全家人都知道那是舅公一家采办的礼物，可都按捺住兴奋等着外婆一件件拿出来。运动鞋，牛仔裤，随身听，自动照相机，小小的金坠子，邓丽君刘文正的唱片……我拿到粉红色的运动套装，有米老鼠图案，穿上身就嫌小了。外婆摇摇头说，你舅公还以为你在念小学呢。

可我还是很兴奋，我喜欢一家大小围拢在一个箱子跟前等待答案揭晓时的其乐融融，失真得像个童话。礼物分发完毕，外婆才开始讲香港的生活，讲空荡荡的房子里你看着我我看着你有多没劲，讲糟老头子一个人待惯了真是不好伺候啊。“他的儿子都有点怕他，我就只见到老二老三，也不常来……老大早就移民加拿大啦，也接他住过两天，就像我一样住不惯，急着逃回来。他说老二老三也在办移民，而他，总归是要一个人死在香港的。”

“不是还有个女儿吗？”我妈问。

“唉，他都不肯提她，后来毅林告诉我，二十出头就跟她男朋友跑啦。你舅舅看不惯那小子的做派，偏要棒打鸳鸯，好像还打过两巴掌的……唉，我知道他后悔了，可他犟着脖子不肯让毅林捎话给她。弄得孤家寡人一样……”

这番描述让我很失望。我早就在心里自作主张地替那个从未见过面的玉梨办好了港澳通行证，如今他们应该天天手拉手去隔壁茶楼撑台脚[6]才够浪漫呢，怎么还会孤家寡人呢？我有点替他惋惜，一辈子上过那么多岸，到最后还是哪里都没站住脚。当然，这比较符合我心目中悲剧人物的定义，适合写在小说里，感动我自己。

为什么没有香港的信呢？1993年的这个夏天，外婆念叨了很多次。这两年，香港来信的间隔确实越拉越长，信上的字越写越大，有时候就只有三五句，抱怨身上的病痛，或者发几句谁也看不懂的牢骚。外公说，那是因为舅公生了白内障，视力越来越糟糕的缘故。

但那时的家里已经有了新的兴奋点：由上海通往更广阔世界的路径已经越来越多，越来越宽敞。当舅舅们发现，几乎家家户户都有点七拐八弯的海外关系时，他们便不再天天追问外婆香港有没有来信，舅公会不会再来；他们像那时上

---

6 粤语，一般指情侣一起到饭店吃饭，度过浪漫的二人世界。

海所有的年轻人一样，盘算的是如何用自己的脚走出去，让老婆孩子享受未来的“海外关系”。二舅是家里第一个出国的人，当他在日本一边读语言学校一边到面包店打工的时候，他并没想到，这样一待就是十几年。偶然，二舅寄回来的信中会提到舅公，感激他肯提供经济担保，还说担心他年纪毕竟大了，身边没人照顾，总也不是个办法。

这结局显然是一定的。母亲说，舅公最后一封信大概是1993年底来的，两行斗大的繁体字撑满整整一页：

“冬天，香港比加拿大暖和，他们该回来了。

“看不见，不写了。”

附记：

1. 本文的原始材料均出自我和我家人的记忆，当然，我们对所有的记忆都应该做“不可靠推定”。动笔之前，就年代、地点等问题，我又查阅过相关资料。

2. 本文中所有“我”不可能在场的虚构场景，都是根据家人的回忆，辅之以合理想象，拼贴而成，其中有些片段是经过多次转述的。另有部分细节参考了《泊下的记忆——利物浦老上海海员口述史》。

3. 我确实不知道舅公杨鹤棠在1993年之后的故事。家人多次去信均石沉大海，他的子女也没有来通报任何消息。后来又经过一次搬家，线索渐渐被切断。按照年龄推算，家里人大都认为他已经仙逝。

讲述之后 After

芬奇的归芬奇，弗琳的归弗琳

“消失的爱人”其实应该是“消失的女孩”（*Gone Girl*）。无论是在大卫·芬奇的电影还是在原著小说里，《神奇的艾米》（*Amazing amy*）都是女主人公艾米的父母多年经营的系列童书。也正是拜这套童书所赐，艾米在世人心目中的形象被固定成了一个天真单纯的小女孩。所以在小说/电影标题中，“消失”指的不仅是贯穿情节的失踪事件，而且是那个特定的“女孩儿”形象在男主人公以及读者/观众眼前逐渐幻灭的过程。无论从什么角度看，中译者用更为笼统、纯粹中性的“爱人”代换，都是失之毫厘、谬以千里的事儿。

《消失的女孩》可以算是近年来改编融合度最高的电影之一。以文本对照影像，你很难觉察到两者的转换有什么纠结或者不和谐的地方。很大程度上，这是因为小说作者吉莉安·弗琳正属于那类深受电影影响的新一代作家，其履历中的重要一笔是在《娱乐周刊》中当影视记者，长期穿梭在世界各地的片场，自称“电影极客”。《消失的女孩》里的人物对电影的熟悉程度远比对文学高，《教父II》《蒂凡尼的早餐》之类的片名时时闪现在字里行间，男主人公尼克俘获小三安迪的主要手段就是向她推荐黑色电影，比如《夜长梦多》和《双重赔偿》。更深层的特征是：无论是整体框架，还是细节铺排，这部小说都好像是在同时熟练地使用“双语”写作——文学语言和影视语言，后者的比重与贴切程度甚至超过前者。随手翻翻，你就可以看到作者对于潜在的影视改编者的暗示（那些似乎应该定格的画面，哪怕只有一个短句，作者都会单独拎出来占一段），看到无数类似于分镜头剧本的表述：“我顺着自己上楼梯的节奏说开了：‘当时我为一本杂志写作（上了一级台阶），为一本男性杂志（上了一级台阶）写一些关于流行文化的文章（这时又上了一级台阶）。’到了最上面一层台阶，我转身看见吉尔平正掉头回望着客厅。”

从文字到影像的“改编史”发展到今天，天平两端开始出现了新的倾斜。大卫·芬奇面对的是一部比当年的《搏击俱乐部》更“现成”的小说，简直就像是为他量身定做的——你甚至可以怀疑，弗琳在设计小说里那些环环相扣的寻宝游戏时，脑海中自动放映过多少部电影，其中也许就包括了芬奇早年那部著名的《心理游戏》。如何在这部“本来就已经是电影”的小说上烙下导演独特的印记，这是芬奇面对《消失的女孩》时，最需要解决的问题。

芬奇只需要微调细节。这里调一点，那里调一点，聚拢起来就有了实质性的变化。尼克还是那个尼克，但小说里尼克的形象更猥琐也更不负责任。一个被宠坏的独生子，潜意识里想攀附纽约富家“酷妞”的凤凰男跃然纸上。电影对这样的指控虽然也有含蓄表达，但在强度和密度上都要小一个数量级，电影中的尼克更像是个内心怯懦，被虚荣心带上不归路的小男人。举个例子，小说中的尼克刚发现出轨的事实可能会给自己带来麻烦，便毫不犹豫地在律师的授意下甩掉安迪，还在争执时被安迪狠狠地咬了一口。电影里跳过了这段插曲，安迪毫无预兆地上电视向公众忏悔，这样的安排自然使得观众更容易对尼克抱有同情。而在尼克的对面，小说中的艾米有充足的篇幅展示她的委屈。她不仅倾尽所有资助不成器的尼克，还看护尼克罹患绝症的母亲莫琳，甚至被莫琳逼着去献了一次血。莫琳当时振振有词：“我不能再献啦，但我想你可以顶上我的位置，这差事能帮你赚上几块零花钱，毕竟女孩子家总该有点私房钱嘛。”

一阵急怒涌上艾米心头，她在心里字字泣血：“我曾经有过许多私房钱，但我把钱给了你的儿子。”这样的婆媳故事要是放到我国的天涯论坛，大概没过几天就能砌出几千层楼来，但这显然离芬奇的风格太远，所以被坚决删去。一同被删去的还有很多让艾米有可能获得同情分的细节，比如她曾经饱受学校里另一名女生的暴力威胁，后者将她等同于小说中的角色，认为只要杀了她，自己就能取而代之。芬奇需要一个更强悍的女主角，冷血，蛇蝎，胸有成竹，神秘莫测，与所有黑色影片的经典形象（无论是《双重赔偿》还是《本能》）一脉相承。只有确立了这个人物，这部电影才算真正走上芬奇的轨道。

与之相应的是，从小说到电影，两个人物的力量对比发生了微妙却至为关键的变化。小说里显然更接近于均势，两个人都不是省油的灯，某些段落甚至爆发出类似于《史密斯夫妇》的喜剧色彩。他们俩都是作家，艾米伪造的日记刻意丑化尼克，而尼克也写过诋毁艾米的小说提纲。后来，尼克真的写成了一部揭露“艾米是杀人犯”的小说，却在艾米用他的精子人工授精之后，删掉了手稿。这种双向虚构的情节本来也算是不错的桥段，但为了确立艾米的狠毒形象和在故事中的压倒性地位，芬奇只保留了她伪造的日记。

决定性的改变发生在杀人现场。被影迷们津津乐道、重拍三十六次才过的“一镜割喉”，比当年莎朗·斯通的冰锥杀人还要惊悚，杀人者与被害者都处在高度清醒的状态，性与血在同一时刻升至顶点，火花四溅。芬奇此前所做的一切增删变化（包括增加了一些流畅而阴郁的床戏），就是为了这一刻的爆发。相比之下，小说里的描述要软得多，倒霉蛋德西在前面的铺垫中显示出颇为强烈的控制欲，于是艾米为了回家“被迫”想出了对策，在一杯马提尼里掺了安眠药，待他鼾声如雷时，艾米才对自己说：“我可以动手了。”

然后呢？然后，在弗琳设想的电影语言里，镜头一转，血淋淋的场面被轻松回避，艾米全身而退，回到尼克身边。创作者的性别差异在结局体现得淋漓尽致：男导演恪守黑色片的本分，引领男观众代入受害者角色，在美丽的蛇蝎女人面前战栗不已；女作家则借着尼克的口，对爱情和婚姻的实质仍然流露出某种天真的温情：“……那个女人知我入骨，世界上再没有一个人比她更了解我。我本以为我们俩成了陌路人，结果却发现我们彼此从心底深知对方。”

当这“洪水灭顶般的浪漫”在大银幕上被芬奇一系列冷冰冰的、不给观众留下任何希望的镜头瓦解时，小说《消失的女孩》和电影《消失的女孩》终于在天平两端获得了各自独立的价值。尘归尘土归土，芬奇的归芬奇，弗琳的归弗琳。

法戈在哪里

虽然两者之间隔了好多年，但把 Fargo 译成“冰血暴”的思路，几乎与 Rebecca 变成“蝴蝶梦”一脉相承。用人名地名来统摄整个故事是西方文学的传统，似乎故事的格局越大就越倾向于此。但这个传统一到中国就必须妥协。你没法想象一个叫“法戈市”的电影在中国观众的想象空间里能激发出一丁点悬念，你得把冰、血、暴涂抹在标题上，观众的好奇心才会苏醒过来。

但也正因为这样，这个标题本身的微妙用意，在翻译的妥协中被彻底瓦解。1996 年，当科恩兄弟以此冠名他的大银幕代表作时，当观众在电影院里被一组冷酷血腥而又不无荒谬的场景震动感官时，他们会比中国观众多一重疑问：这座叫法戈的小城，究竟在电影里意味着什么？

事实上，整个电影里并没有一个镜头是在法戈市拍摄的。甚至，对于这座城市的地理概念，很多美国人也知之甚少。地图上，法戈市位于北达科他州境内，比邻明尼苏达州，在美国的“北大荒”里还算有一定的人口规模——当然，那也只是相对而言。在科恩兄弟的故事里，男主角制造绑架妻子的假案来敲诈有钱的岳父，两个奉命行事的杀手既残忍又愚蠢，是他从法戈市的黑帮组织里雇来的——整个电影唯一与法戈发生关系的地方就在这里。法戈在电影里更像是抽象的概念，传说中的罪恶之地，奇诡莫测的场域，心理意义比地理意义更大。男主角的如意算盘当然没有得逞，庸人之恶一旦出手就脱离他自己的掌控，如雪球般越滚越大，最后伤害性达到了组织犯罪的规模——正如中译名提示的那样，有血，而且到了暴的级别。

比创造了一部好电影更重要的是，科恩兄弟在《冰血暴》里创造了一个出色的故事型，结构奇巧，延伸空间广阔，还煞有介事地戴上了一顶非虚构的帽子（“这是由真实事件改编而成”）。据说有不少人看完电影以后，陷在这个典型的后现代叙事游戏里不能自拔，甚至替这个子虚乌有的“真实事件”考据出“原型”。这顶帽子同样也安在了以“冰血暴”命名的两季美剧的片头上，打字机的声音一下一下地敲出观众的期待和疑虑：这故事真的不曾发生过?

美剧《冰血暴》复制的不是情节而是气息，延续的不是电影里的那个故事而是它的故事型。第一季仍然跟法戈市没有什么太直接的关系，故事大部分情节仍然发生在明尼苏达州。那个窝囊了一辈子的中年男人究竟怎么会被职业杀手勾引进泥潭，成为一个冷血杀人犯?职业杀手又是出于什么动机，要管这摊并没有收益的闲事，并且让这个麻烦像一瓶倒在白纸上的墨水，越洇越开?电视剧并没有把这些原因交代得很清楚——或者说，并没有把人物的行为逻辑设置得很容易解释。编导更多地把力气花在氛围的铺陈和心理黑洞的开掘上，那正是电影限于篇幅无法详尽展示的东西。那些日常生活中缓慢的、足以让人窒息的琐碎，杀手一步步控制他人心理所激发的快感，在漫天风雪中层层堆积。末了，你可以说这个故事什么也没有说清楚，也可以说它讲述了一切。第七集，当杀手走进一栋古怪的大楼，画面上拉开一个大广角，你看不到人，只听到机关枪一间一间扫射过去。通过这个刻意失真的、近乎漫画或者玩笑式的场景，一个据说如日中天的黑帮组织被孤独的杀手一锅端。直到此时，你才突然注意到，这栋超现实大楼所在的城市，正是法戈。整个第一季，神秘的法戈市，就像它在电影里一样，只在此处若隐若现。

第二季在某些情节支线上可以算是第一季的前传，在第一季中被灭门的黑帮在第二季中找到了来处。故事仍然从明尼苏达州卢文市的一场混乱的枪杀案开始，但这一回，法戈市终于掀开幕布，成为故事发展的重要舞台。第二季的人物明显增多，线索也远较第一季复杂。密苏里州堪萨斯的新兴黑帮部署了一整套先礼后兵的方案，想把盘踞在法戈市的日渐衰落的老黑帮逐出自家地盘。怎样编故事，这两家才能从谈判一步步变成火并，才能撕开文明的表皮，裸露出“血”和“暴”的本质？编导的解决方式是根据《冰血暴》的原始故事型，塑造出一个——这回是一对——改变情节发展的小人物：每天都在肉店里做着美国梦的屠夫夫妇。

说到这里，你应该可以想象，小人物的命运将再一次被偶然性推动，荒诞地卷入组织与组织的对抗，两条线索将会奇妙地交织在一起，最终形成一种奇特的共谋关系。饶有意味的是，小人物并不以无辜面目出现，他们的可怜与可恶恰恰有赖于主流价值观的指引。屠夫太太是整个第二季塑造得最为饱满的人物，她所有的语言、行动都受多种口味混合的“心灵鸡汤”驱动。在她的观念中，通往未来的康庄大道是笔直的，她只要沿着路往前走就是了。路上如果有挡道的，不管是一块石头，还是一个活人、一具尸体，只要她视而不见、继续往前，障碍就不存在。那些漂亮的成功学口号、流于表象的女权理论，都替她的极度自私充当了心理挡箭牌，最终成为杀人凶器。第二季强烈的反讽效果，最集中地体现在这里。

有人把第二季归入黑帮片。在我看来，毋宁说这是对黑帮片的戏仿。黑帮人物之间，传统正剧里的恩怨情仇在这里都被不同程度地变形，让你哪怕在最为惨烈的屠戮场面中都能看到一点滑稽的、不和谐却异常精彩的“闲笔”。故事的关键节点，也总有跃出常理的转折。无论是印第安人的突然倒戈，还是不明飞行物的出没，都打上了鲜明的20世纪70年代烙印。

回过头来看，这套美剧，第一季开掘人物心理，第二季立足时代视角，从两个维度上拓展原先由电影建立的故事型。把三者连在一起看，你会发现它们互相诠释，互为补充，彼此拼接成一个复杂的整体，一个自成系统的世界。在这个世界里，法戈市是一个实在的地点，更是一个奇诡的象征，某种程度上可以视为现代城市冷酷法则的缩影。这样的“变形记”，实在要比一般的改编和致敬更高级。

聂隐娘还是王佳芝

蹲足一夜，小说里的隐娘才提了人头回来。师父怒斥："何太晚如是？"隐娘答："见前人戏弄一儿，可爱，未忍便下手。"师父再逼一步："以后遇此辈，先断其所爱，然后决之。"

电影《刺客聂隐娘》的开头，黑白胶片上的聂隐娘并没有完成这个任务。她手里没有人头，对师父的这段话唯有麻木应对，仿佛被击穿了心理底线，知道"未忍便下手"将是此后她的人生舞台上反复上演的剧情。但裴铏笔下的隐娘，在刺客训练课里领到了合格证，只因"晚如是"被扣了几分。对于师父的残忍训诫，她的态度是"拜谢"。

这个“拜谢”既不代表隐娘从此被规范成杀人机器，也不是像电影那样走向反面——烧一锅简单的人道主义鸡汤，一日一剂。在小说里，隐娘以自己的方式听懂了师父的话，她触摸到了政治博弈的本质，也参透了刺客的职业宿命。这句训诫成了她人生的分水岭。她决心在大棋盘上悄悄挪动一下自己的位置，这一挪既不能太轻也不能太重，轻则于事无补，重则掀翻棋盘覆巢之下无完卵。

如此复杂的心理轨迹可以通过后来的故事发展来验证。隐娘被交还给聂家以后很清楚自己的经历和人生选择已经超越了俗世的理解范围，于是对父亲聂锋说：“真说又恐不信，如何？”书上的聂锋远比银幕上的倪大红豁达，追问完故事以后虽然怕得不行，但没有反复絮叨“我真后悔”，而是从此既“不敢诘之”也“不甚怜爱”。磨镜少年上门，隐娘如掷一把飞刀一般迅速钉牢他的位置，向父亲宣告“此人可与我为夫”。聂锋不敢不从。

这是何等明亮任性的一笔，古典与现代性神奇地交织在一起。这些唐朝人物仿佛在刹那间就飞到《百年孤独》里穿行了一遭以后又飞回来。从这个“但能淬镜，余无他能”的少年身上，隐娘如天启般看见了自己下半生的另一种可能性。到了电影里，“此人可与我为夫”没了。编剧们辛辛苦苦替妻夫木聪写下了遣唐使的前世今生，甚至在新罗还有个发妻，这些累赘枝节被侯孝贤悉数剪去——剪得不可谓不对，问题是，剧本对这个人物“化神奇为庸俗”的设定是剪不掉的。最后我们看到的，是一个莫名其妙、神奇光泽被磨尽的磨镜少年。

电影编剧在改编小说的过程中，确实干过太多推倒重来的辛苦活。原著的后半程，隐娘周旋于魏博元帅与刘悟之间的斗法，这段情节对藩镇割据当然是有所指涉的，后面当然也隐约可见朝廷的背影，要时代有时代，要个体有个体。隐娘在其中的每一次入世，每一次出世，每一个主动出击而非被动采取的动作（更不是简单的“不杀”），每一句对局中人的点拨，都选择了最恰当的时机和最符合其性格特征的方式。最后刘悟之子不听隐娘箴言而“卒于陵州”的结局，更是从反面验证了隐娘的人生智慧。但电影编剧似乎从一开始就决意把小说扔到一边，先彻底拿掉刘家这条线，再抬高隐娘一家的政治地位，让所有的矛盾都归拢到田季安家族集中爆发。问题是，如果没有新鲜而锋利的切入点，复杂的家族树并不会让人性呈现出更复杂的面貌，也不会给故事的内核增加更多的阐释空间——有时候正相反。

一旦去掉剪接的障眼法，把电影里的人物关系理顺，你会发现这是一个异常好懂，简直好懂到俗套的故事：双胞胎公主，被政治联姻牺牲的青梅竹马，主母谋害宠姬，甚至还有被施了蛊术的纸人和假月事真鸡血瞒孕保命……这条故事线符合大众趣味，拿到任何一个商业片行货的熟练工手里都会成为更加称手的兵器，都会用更快的节奏、更清晰的叙事脉络、多上好几倍的镜头数以及更刺激视觉的动作场面让大众喜闻乐见，顺便还能套拍个八十集宫斗剧。这样做很工业也很有效，只要占到天时地利，完全有可能成为商业片中的好产品。

但这样当然不是侯孝贤。从这个故事结构定型的那一天起，原著与剧本、剧本与侯孝贤擅长的影像风格之间，便存在着尴尬的双重割裂。从最后的成片看，他应该也意识到了这种割裂，所以绝对避免使用商业片的影像语法，碰到需要交代人物关系和情节的地方，就用大段文言台词配上静止镜头，好让画风显得拙朴一点，至少看起来离商业远一点。那些东山魁夷或者安塞·亚当斯式的画框，人物在山山水水中走台的气度，有意无意地引导观众忽略故事究竟讲了什么。至于大幅度删剪对观众理解剧情造成的障碍，也不妨视为一种聪明的陌生化处理——乍一看，你会不明觉厉，你会相信这里面吞吐了多少野心。戛纳把最佳导演奖颁给侯孝贤，某种程度上，正是对这种聪明的表彰：无论多么违和的情节，都能纳入导演的风格化轨道，这是技术，更是气场。

但技术和气场并不能解决一切问题，尤其是先天问题。舒淇一遍遍重复着“这个杀手不太冷”的造型，见孩子不杀，见孕妇不杀，见旧情人也不杀，三个不杀之间没有递进也没有递退，没有发展没有转折，只有单调的委屈和为难——有一点像是《色戒》里王佳芝陷入的困境，却又远不如后者丰富立体。小说里那个有大智慧和复杂层次、善于化被动为主动的侠女，终于被庸俗的设定碾压成一个扁平的符号。侯孝贤对速度的抑制，对于静止状态下云气风势鸟叫虫鸣的渲染，都在呼唤一个线条更简单但阐释空间更大、人物的内在光谱更宽阔的故事，需要一座真正简洁剔透、有着多棱侧面、尖峰浮于海面的冰山（我们在影片的宣发过程中听到“冰山”这个词被主创人员反复提及）。让人费解的是，这样的故事明明就在小说里，你可以在此基调上丰富、补充、变形，但何必另起炉灶、舍近求远？

这其实是一个具有共性的问题。当年陈凯歌改《赵氏孤儿》，费尽力气要用现代人的道理，去解释程婴为什么要牺牲自己的儿子，保全赵家的骨血，于是节奏为之拖沓，人物为之纠结。无论站在艺术还是商业的立场上，这都是一个别别扭扭的作品。我不明白的是，为何大师们愿意花那么大力气做旧如旧，竭力在布景器物的气韵上追寻汉唐遗风，却拒绝吃透原著本身，不愿或者不敢信任古人的行为逻辑，非要把冰山变成杂蔓丛生的花果山，把聂隐娘变成抽象化的王佳芝？

小说里的明星脸

盘点被翻拍次数最少的名著，《乱世佳人》得算正面典型。这部要场面有场面、要故事有故事、要人物有人物的小说，之所以被好莱坞屡屡放过，有且只有一个原因：1939年的那个版本创造的视觉形象，太深入人心——而这种难以磨灭的印象，至少有一半得归功于选对了女一号。影评人常常会宣称，就艺术水准而言，《乱世佳人》被严重高估，但谁都无法否认，好莱坞不可能再复制一个费雯丽，费雯丽也不可能再复制一个像郝思嘉那样的机遇。当制片人大卫·塞尔兹尼克第一次在年轻的费雯丽脸上看到“纯粹淡绿不夹一丝茶褐”且“稍稍有点吊梢”的眼睛时，电影史达成了一次具有经典意义的天时地利与人和。

郝思嘉/费雯丽的案例甚至与演技无关——尽管费雯丽真是个好演员——这是一张脸创造的奇迹。千百万读者透过书页玄想的郝思嘉只是一团朦胧的雾，似有若无的吉光片羽，仿佛在梦中目击过的嫌疑犯。倏忽间，大银幕闪亮，云开雾散，嫌犯画像渐渐清晰，于是人人舒一口气，心里暗暗喊一声："抓住你了，原来你就在这里。"

在小说转化成影像的过程中，选对一个角色、塑成一个人物的重要性和难度系数，有时候（如果不是"永远"的话）要比还原历史场景或者理顺叙事脉络更高。文本在读者的想象空间中烙下的印迹越深，这个变量就越大。一万个读者心中有一万个哈姆雷特，你可以用一具肉身、一抹微笑或者一个手势定格这种想象，也完全可能反过来摧毁它。同样是大卫·塞尔兹尼克，在制作1957年版的《永别了，武器》时，就亲手示范了这种摧毁能达到怎样的程度。

彼时《海斯法典》已经失去约束力，第二次世界大战也早就散尽硝烟。这一版《永别了，武器》的男女主角，终于不用像1932年版那样，为了照顾后面的怀孕情节先补上一个婚礼（《海斯法典》不允许未婚同居，哪怕暗示都不行），也不用害怕墨索里尼的干涉而删去意大利军队溃败的场景。然而，原作者海明威在得知这一版的演员阵容之后，还是火冒三丈。他给塞尔兹尼克写信，粗话横飞："如果，你这部让三十八岁的塞尔兹尼克夫人扮演二十四岁的凯瑟琳·巴克利的破电影，最后居然赚到了钱，那我建议你捧起这些钱直奔本地的银行，统统换成硬币，然后塞进你自己的屁眼，直到满得从你嘴里吐出来。"

塞尔兹尼克夫人更为人熟知的名字是詹妮弗·琼斯，奥斯卡/金球奖双料影后，其主演的《珍妮的肖像》和《太阳浴血记》有资格跻身小说改编电影的佳作系列。但《永别了，武器》果然如海明威诅咒的那样票房惨败，而琼斯的眼袋、鱼尾纹和随着衰老越来越高的颧骨也确实应该负一半以上的责任。至于男主角罗克·赫德森，虽然颜值和年龄感都大体合格，但他凝望琼斯的眼神怎么看都像是弟弟看姐姐——多年以后赫德森出柜，人们回过头来想这一版《永别了，武器》的画面，荒诞感油然而生。

公允地说，古今中外，在塞尔兹尼克之前或者之后，制片和导演坚持重用太太或者女朋友都不是什么新鲜事物，也不乏成功的例子。但相对而言，在"作者电影"或者那类把演员当扁平符号的片子里，这样做还相对保险一点。至于小说，尤其是群众基础深广的小说，人物是早就成熟定型的，她们不可能为了制片人的太太就随意涂改自己的年龄和气质。如果一定要拧着来，那么，《永别了，武器》的失败已经证明：即便是塞尔兹尼克这样的行走江湖、几无失手的大腕，一旦被私情干扰了判断，也会一头栽进文本与影像之间的鸿沟。

话说回来，在这条鸿沟中栽倒的大明星不计其数，他们总是一不小心，就让自己的满身星光遮蔽掉人物本身的特质。也难怪，习惯了被量身定做角色的明星们，很难放下身段去迁就小说人物具体而微的尺寸。比如近来，范冰冰团队为了打造“白璧无瑕”的明星形象，干脆把武则天和杨贵妃统统变成古装玛丽苏……好吧，这当然是个过于极端的例子，但即便提高几个数量级，无论是阿兰·德龙版的雷普利，还是迪卡普里奥版的盖茨比，也都或多或少地发作着类似的毛病。就连一直被神化的奥黛丽·赫本，在《战争与和平》中塑造的娜塔莎也是其个人演艺生涯中的失败案例。比起后来苏联邦达尔丘克版的《战争与和平》，比起那个眼神里装满惶惑与兴奋、在舞池中晕眩的娜塔莎（柳德米拉·萨维里耶娃饰演），赫本只是把《罗马假日》又重复了一遍而已。

其实赫本还演砸过一部小说：《蒂凡尼的早餐》——尽

管，因为强大的时尚效应，这部电影至今仍然脍炙人口。这不能全怪赫本，因为从根本上，这部片子的初衷就跟卡波蒂的原作背道而驰。小说中的第一人称叙述者是个具有同性恋气质的男子，美国好闺蜜。从他的视角观察到的交际花霍莉性格放荡、情绪复杂、行踪神秘，是个无法被轻易归类或者降服的女人，所以最后的结局是“若得山花插满头，莫问奴归处”。在好莱坞的审美定势下，叙述者的性向必须改变，他和霍莉必须谈一场恋爱，所以霍莉这个人物的底色就必须比小说里更清纯、更简单。这也就可以理解，导演为什么坚决抵制卡波蒂的建议，弃梦露而选赫本。

为了这个角色，赫本也算使尽了浑身解数，临时补习乡下口音，学会抽烟撒泼，但结局的峰回路转——流浪猫回巢，风尘女知返——还是让她之前所有的努力，都成了最后优雅转身的铺垫。赫本还是那个赫本，她的《蒂凡尼的早餐》不过是把《窈窕淑女》又演了一遍。

总体上讲，越是质地优秀的小说越要慎用明星，这差不多可以成为一条法则。气场特别强大的导演，完全可以根据小说人物的需要，放胆使用气质契合的新人，使其一战成名，塑造人物和打造明星同步完成。琼·芳登之于《蝴蝶梦》、娜塔莎·金斯基之于《苔丝》抑或汤唯之于《色戒》，都是范例。如果是那类更成熟更多面台词更多的角色，那么，选择那些并不漂亮却可塑性极强的面孔，往往能收到奇效，因为这类演员总是能把自己恰到好处地掩藏在角色之后，比如《理智与情感》中的艾玛·汤普森，《英国病人》里的朱丽叶·比诺什，还有横扫艾美奖的《奥丽芙·基特里奇》里的弗兰西斯·麦克多蒙德。至于伟大的梅丽尔·斯特里普，她塑造人物的能力足以让你在观看两部根据同样著名的小说——《法国中尉的女人》和《廊桥遗梦》——改编的电影时，像是在欣赏两个女人的表演。

有些在小说中太立体太丰满的人物，也许不管找谁演都不够完美。比如说，提起安娜·卡列尼娜和爱玛·包法利，很多张明星脸重叠在一起，但我们至今也抓不住一个确定的形象。与之形成鲜明对照的是那些有如神助的改编：你看到那张脸、那个人，就知道整出戏都成了，就知道再也不需要第二个版本了——这是选角的至高境界。在我看，费雯丽之于《乱世佳人》，罗莎曼德·派克之于《消失的爱人》，以及张国荣之于《霸王别姬》，都达到了这种境界。

英式大团圆

好像已经有一辈子没有看过如此像大结局的大结局了。唐顿的圣诞，外面银装素裹，里面春意盎然。庄园里一向开明的美国媳妇柯拉也不能免俗，像《傲慢与偏见》里的班纳特太太那样喜形于色：本以为嫁不掉的二小姐非但嫁掉了，而且嫁了个刚刚获得意外继承权、用大笔老钱配置的新贵族。真爱也罢，门户相当也罢，在贵族庄园日渐衰微的时代，这样的联姻当然有助于唐顿庄园在此后的风口浪尖（全球经济大萧条和第二次世界大战）上生存、发展，完成不失优雅的转身。

《唐顿庄园》从20世纪初的泰坦尼克号沉船一直拍到30年代，正是日不落帝国在一襟晚照中顾影自怜的阶段，也是他们逐渐接受现实、开始谨慎变革的阶段，这个节奏和庄园体系的瓦解和消失是基本同步的。故事拍到最后，编剧给剧中的主要人物都铺好了现代化之路，卖汽车、办杂志、主持医疗改革，甚至庄园本身也迎来第一拨游客，贵族们尴尬地放下身段，当了一天导游。编剧显然是铁了心要让幸福三百六十度无死角，整整六季积压的矛盾在大结局里一笔勾销：该接班的接班，该和好的和好，该结婚的结婚，该怀孕的怀孕。末了，楼下的女仆把楼上小姐的闺房当成了产房，婴儿甜美的脸一举弥合了阶级矛盾。画面太美，一度让我不敢多看，直到老太太出场方才稳住基调，一段精彩的Q&A充当最后一集的定海神针：

> 会幸福吗？会的，只要好自为之。这叫什么？这叫英式大团圆。你觉得英国人为什么是这个样子？我不知道，什么看法都有，有人认为是历史，但我就怪天气不好。

机智，自嘲，见招拆招（包括拆了自己的招），替戏里的角色留了余地，也替戏外的编导圆了场子，更替英国百年近代史做了个俏皮的注脚。又一次，老太太先观众一步看破了玄机：天气当然随时会糟糕，事情也没有看起来那么好，你别太当真，但你也别太不当真。英国人这一套活法，自有其世事洞明、人情练达的道理——这一点是可以当真的。

追《唐顿庄园》的这些年，我也翻译了好几部英国小说。伊恩·麦克尤恩和希拉里·曼特尔虽然风格差异巨大，对于英国国民性的剖析，倒是一致地不留情面。在他们的小说里，另一个英国，更复杂更严酷更捉襟见肘的英国浮现出来，轮廓日渐清晰。有趣的是，这种清晰并没有打消我追完《唐顿庄园》的念头，某种程度上倒是在对照中看到了彼此深层的情感联系。本质上，曼特尔在虚构中射向撒切尔夫人的子弹，以及她在文本中预先就消解的真实性（《刺杀撒切尔夫人》），跟老太太这几句戏谑大团圆结局的台词，并没有多少不同。这一百多年，整个英国社会的体系，也恰恰就是在各种互相矛盾的情感间达成了艰难的平衡。无论是面对冷峻形势时挤出的一丝苦笑，还是轻轻戳破美满幻象的那点儿讥诮，都体现了“英国梦”有别于其他梦的特质：审时度势，瞻前顾后，左右逢源，警觉极端，在哪怕最乐观或者最悲观的时候都保持冷静怀疑的能力。

客观上，《唐顿庄园》也确实成了近年来英国政府诠释

“英国梦”的外宣利器。尽管耗资在英剧史上创下了纪录，但考量其传播效果，《唐顿庄园》的性价比还是高得惊人，值得推荐给我国致力于“走出去”工程的有识之士好好研究。世界各地都有“主旋律”，究竟做成面子工程还是传世之作，完全得看你手艺如何。《唐顿庄园》走的是全方位的精致路线，从台词到演技到服装道具，都从第一季一丝不苟到第六季，纯正的英国味道（抑或是我们想象中的英国味道）充溢在每一个细节中。

没有人会把艺术的真实等同于生活的真实，但艺术的真实却能在相当程度上让你忘却生活的真实——哪怕只是暂时的。当落日余晖斜照在庄园宽阔的草场上，当大小姐一次次在大雪或者大雨中留住真爱时，我们确实没必要再去推敲眼前的和谐画面是否真能如此和谐。问题也不大，反正有唐顿在，老太太就在。她会随时拄着拐杖走上舞台，甩两个刻薄的金句，玩一点无伤大雅的恶作剧，顺便提醒我们，这只是一场游戏，一场梦。

《故事》撞沉太平轮

《西雅图未眠夜》(以下简称《西雅图》)是不是一部爱情故事片?这个看起来不可能有异议的问题在罗伯特·麦基的《故事:材质、结构、风格和银幕剧作的原理》(以下简称《故事》)中却得出了别样的结论。男女主人公的相遇发生在影片末尾而不是开头,所以“这并不是爱情故事,而是渴望故事,因为关于爱的谈论以及爱的欲望充斥了所有场景,将真正的恋爱行为及其不无磨难的后果留到银幕之外的未来发生。也许事实是,20世纪亲手创造却又埋葬了这个浪漫时代”。

这一段出现在《故事》第三章“结构与背景”中,用来说明如何“向陈词滥调宣战”，如何在精通类型的基础上“再造类型”。可以给麦基补充的一点是，《西雅图》中反复提及并致敬的另一部电影《金玉盟》，正是被《西雅图》的编导诺拉·艾弗朗“精通”并“再造”的类型经典。《故事》写于1997年，如果麦基几年前碰巧看到了宁浩的《心花路放》，或许会乐于在他来中国开高价培训班的时候再“现挂”一两句。《心花路放》从一开始就按男女主角两条线分开叙事，让熟记《西雅图》的文艺青年胸有成竹地认定：黄渤和袁泉一定会在影片的某个时间点邂逅于大理，很可能是在结尾。我们没有猜错，他们确实在结尾才相逢，但宁浩利用蒙太奇时态陷阱玩了一把《西雅图》的逆向结构：他们的邂逅其实发生在几年前，你以为同时进行的两条线其实处在不同的时空中。袁泉站在过去，渐渐向那场“邂逅”靠近；黄渤立于当下，打着公路猎艳的幌子收拾当年“邂逅”造成的心理残局。至于麦基所说的“真正的恋爱行为及其不无磨难的后果”，同样被留到了银幕外，发生在这两段时空之间。随着结尾黄渤在旧爱的婚礼上以相同的程式邂逅新欢，旧故事的幻灭便与新故事的开端完成了重叠，而前者又对后者的未来构成反讽。如是，这一路其实走完了一个封闭的圆环，某种程度上实现了麦基在《故事》一书中所赞赏的“故事达到负面之负面”。

在故事的王国中，爱情类型显然是被征用最多、资源近乎枯竭的领地之一，因而说书人在这块领地上的每一次破茧重生都格外艰难。我们重走从《金玉盟》到《西雅图》到《心花路放》的那条暗道，约略可以窥见编导在拿捏分寸时的如履薄冰，在观众对故事的原始模型（archetype）的心理依赖和喜新厌旧之间寻找愈来愈窄的交集——这差不多也是《故事》一书在各个章节中用不同节奏反复吟唱的主旋律。

与其他论述戏剧文学或者创意写作的书籍相比，《故事》几无学术创见，也不像很多大作家的文学演讲那样充满不可思议的比喻和如同天启神谕般的使命感（想想《未来千年文学备忘录》吧）。甚至，在有些段落，它浅近得有点拿不住范儿，激情上头时会来十几个排比句（“对故事的爱……对真理的爱……对知觉的爱……对梦想的爱……”），多少透出一点“成功学”文体的影子——当然，你也可以把这看成是一种戏仿。麦基从不讳言他本人的编剧经验并不丰富而且水准只能算二流（但他认为，这并不妨碍其成为“最好的编剧教练”）；同样地，在这本书里，他在表述观点时也基本上不会含糊其辞。比方说，尽管在划分类别时也算面面俱到，尽管说过不少英格玛·伯格曼的好话，但麦基对电影行业的“高大上”区域总体上持敬而远之的态度，对欧洲片、新浪潮、反情节、作家电影之类的概念也不无揶揄。随手翻翻，就会有这样的冷枪冒出来："反情节的制造者对欲语还休的描写方式或暗度陈仓式的收敛几乎没有兴趣，相反，为了昭示他的革命雄心，他的影片倾向于过度铺陈和自我意识的大肆渲染。"

也许，正是这种旗帜鲜明的态度，赋予了这本书最显著的特点：在他近乎布道般的鼓吹中，在他熟谙现代商业法则的推销中，企图重建的是人们对故事的信仰——无论这种信仰里含有多少功利的成分。麦基知道，你跟现代人追溯荷马、拉伯雷，缅怀大树底下的说书人，他们会一脸漠然；但是如果你煞有介事地拿出一组图表，卖力地为他们计算盈亏比，指导如何解放故事的生产力，催眠效果就会立竿见影。所以我们常常能在《故事》中看到仿佛能精确量化的句子：

"随着故事设计从大情节开始向下滑行到三角底边的小情节、反情节和非情节时，观众的数目将会不断缩减。""一个故事，即便在表达混乱的时候，也必须是统一的。""根据行家的经验，主情节的第一个重大事件必须在讲述过程的前四分之一时段内发生。""一个重复的情感只能产生预期效果的一半，如果再重复一次，其情感负荷就会不幸发生逆转。""主人公必须具有移情作用，同情作用则可有可无。""一个故事中两个最强烈的场景往往是最后两幕的高潮，在银幕上，它们常常仅隔十到十五分钟，因此不能重复同样的负荷。如果主人公得到了他的欲望对象，使最后一幕的故事高潮成为正面，那么倒数第二幕高潮则必须是负面。你不能用上扬结局来铺设上扬结局，也不能用低落结局来铺设低落结局。”“改编的第一条原则是：小说越纯，戏剧越纯，电影就越差。”

这些“必须”或“不能”是否能涵盖所有的故事形态，究竟有多少可操作性，其实很难一概而论。同样地，《英国病人》和《三十七度二》（书中译作《巴黎野玫瑰》）的拥趸（我就是）也一定会因为麦基对这两部电影的偏颇之词而略生反感。我们甚至完全可以抛出那个万能的句子——“故事永远存在另一种讲法”，来抗议麦基妄图垄断“故事话语权”的野心。不过，好玩的是，在整个阅读过程中，每当我准备质疑麦基的投机取巧时，总会被某些扰人的观影经历逼回他的文本前，并在心里暗暗承认：如果能做到三成，那么，我国影视行业的优等生未必会增加，但及格率还是有可能显著提升的。换句话说，跟着麦基未必真能学会怎样讲出一个好故事，但起码会比以前更容易辨别一个坏故事。

比方说，差不多已经成为近年国产剧新标杆的《北平无战事》，为什么仍然在很多方面让人如鲠在喉？大量细节不靠谱、节奏拖沓、场景转换迟滞生硬，这些问题到底能否与其借古讽今、激动人心的“大概念”（big idea），抑或代表国家级水准的表演割裂开来看？当我们随口说上一句“瑕不掩瑜”的时候，有没有想过，这些“瑕”的产生，很可能就是因为“瑜”先天不足，有许多失真的，甚至互相矛盾的细节塞进了或许并不成立（至少，其是否成立尚有待论证）的故事框架。如果剧本提供的东西不够扎实，那么演员就只能调动更多的“演技”去凭空发挥，有时漫无边际，有时歪打正着，但都会像显微镜一样放大故事本身的空洞——甚至可以说，演员越好，演技越精湛，这种放大效果就越明显。一个故事，如果光有“道路自信”而没有“细节自信”，那么就只能采用单一的手法反复灌输宏伟的主题。因此，并不是建丰同志除了打电话不会干别的，而是讲故事的人只顾着被自己的理念所感动，却忘了手里缺乏足够的材料来贯彻这种理念，支撑不出更形象更有说服力的细节来推动情节发展。按照麦基的说法，一切陈词滥调都可以追溯到同一个原因，而且也是唯一的原因：作者不了解他故事中的世界。造成“索然无味的讲述”的原因，往往是知识的肤浅。

在这方面，《太平轮》的问题比《北平无战事》要严重好几个数量级。在片中的船起锚之前，差不多已经被《故事》

里的所有创作定律结结实实地撞沉。当片中所有人物都在80年代的节奏中“起范、音乐、定格”时，我们只能报以叹气、哄笑或者睡觉。我们当然可以嘲笑宋慧乔只会光着脚转圈，谴责黄晓明只会歪着嘴微笑，说他们只偶像不实力绣花枕头一包草，但我们更得问一问，编剧究竟给人物提供了什么样的支持。在麦基看来，人物的塑造与故事的结构根本就是一回事，漂亮紧凑的故事线自然会把处于压力之下的人物的本性一步步揭示出来，反之亦然。同样地，对白的好坏与故事的优劣也密不可分，“一个手法精巧而对白粗劣或者描写枯燥的故事是非常罕见的，更多的情形是，故事手法越是精巧，其形象则越生动，对白也越尖锐。故事进展过程的缺乏、动机的虚假、人物的累赘、潜文本的空洞、情节的漏洞以及其他类似的故事问题，才是文笔平淡乏味的根本原因”。所以说，当我们从长泽雅美的信、黄晓明和宋慧乔的日记以及片中绝大部分人物的对话里听不到哪怕一个新鲜的、冒着活气的句子时，我们首先应该怀疑的，不是“编剧的作文是体育老师教的”，而是“他（她）根本没做好编这样一个故事的准备，他（她）不知道笔下的人物应该说什么”。

一觉醒来，走出影院，当我们摘下那副本来就多余的3D眼镜时，我们的耳边可以配上来自《故事》的画外音：“故事讲述已经沦为徒有其表、令人炫目的声光奇观，以免观众注意到故事本身的虚空与伪劣……银幕充斥着华彩的摄影和用金钱堆砌的制作场景，然后用一个单调低沉的画外音将形象串联在一起，将电影这门艺术蜕变为过去曾经风靡一时的经典连环画。”如果用这段话来形容《太平轮》，唯一需要修改的地方，是把“声光奇观”换成“婚纱摄影式的廉价审美”。进而，我们还可以质疑，为什么《泰坦尼克号》可以把人物群像的来龙去脉与船上的故事主线细密交织，要阶级有阶级，要爱情有爱情，而《太平轮》就非要拍成上下集。发展了这么多年的影像叙事，顺叙倒叙插叙闪回都放在那里，取之不竭用之不尽，你何苦还要上下集？除了想多赚点票房，还有什么别的原因？于是麦基的告诫再度响起：“我们习惯性地推迟主情节，在开篇序列中一味地充塞一些解说性的东西。我们一贯地低估观众的知识和生活经历，用烦琐的细节来展示我们的人物及其世界，而对于这些东西，观众往往仅凭常识便能知晓。”

“观众往往仅凭常识便能知晓。”这样的说法是典型的麦基风格。事实上，“说书人”如何评估他们与观众的关系，也是《故事》中一个重要而有趣的命题。麦基始终把两者置于一场动态平衡的拉锯战中，道高一尺，魔高一丈。当然，鉴于麦基是重建故事信仰的布道者，在他的暗示中，这场拉锯战的最终胜利者当然必须是说书人。为此，他不惜用了两个略显轻浮的比喻：其一，中世纪的农民偷猎鹿和松鸡后，带着战利品穿过森林逃跑时，他们会用一条鱼，一条熏鲱鱼，在逃路上横拖一下，以迷惑庄园主的猎犬。可想而知，这里的"猎犬"指的是观众，而好故事的作者，一定要准备好那条香喷喷的熏鲱鱼。其二，房中术大师们都知道把握做爱的进度，在"只差一点儿"的时候讲个笑话，换个位置，吃个三明治，"以周期性升降的紧张度"达到欲仙欲死的境界。

"宽厚仁慈的讲故事的人就是在和我们做爱啊，"麦基写到这里，已经忘乎所以，"他知道我们有能力达到那样的高潮……如果他能掌握好适当进度的话。"

以莎士比亚的方式谈论莎士比亚

斯特拉福的莎翁故居里天天都有人穿上 16 世纪的服装，把莎士比亚童年的故事演给你看。音量足够让剧场最后一排听见的男中音，过于洪亮地回荡在狭小的卧室里。大约每隔十五分钟，这位穿着戏服的导游就要拿起桌上的羊皮手套，对着新一批上楼参观的客人重复那几句台词："他是手套作坊老板的儿子，居所里充斥着皮革加工时散发的特殊臭气……"那一回，我站在楼梯口看着他演了三轮，每一轮都带着仿佛初次登台般新鲜而饱满的激情。

然而莎士比亚的一生，可供鲜活演绎的细节也许仅止于此——所有关于他经历的记述，都是粗线条的，语焉不详的。对那些发生在他本人身上的事件，莎学专家们知道的，并不见得比这位演员 / 导游知道的更多。“倘若在发现莎士比亚的一部新剧和发现他的一张洗衣单之间任选其一，”安东尼·伯吉斯恨恨地在他为莎士比亚所作的传记中说道，“我们每次都会投票选他的脏衣服”；“每当莎士比亚在房地产或编写剧本以外做别的事情时，历史就‘啪’的一声合上了嘴。”

伯吉斯们之所以对莎士比亚的“脏衣服”如此渴望，其隐含的动机之一，是搜寻更多莎士比亚的私生活痕迹，把莎翁从一个宏伟而空洞的符号还原成一个鲜活丰满的人，进而捍卫“莎翁”对“莎剧”的所有权的合法性（尽管在这两者之间搭建更坚实的逻辑桥，还需要费很多材料）。其实换一个角度看，这个几乎从莎翁作古之后便受到反复质疑的命题，给双方辩友都提供了持久的学术饭碗，对提升“莎剧”这个品牌的文化影响力也不见得完全是一件坏事。

当然，如果单纯考虑趣味性，“倒莎派”（其实任何学术争端的质疑方都是如此）具有先天优势。虽然时隔四百年后，找到一锤定音击溃莎学的铁证似乎并不现实，但不时抛出一鳞半爪的新鲜线索，通往更多的疑点，还是比分析“to be, or not to be”的重音究竟该落在哪个词上，更能刺激学界和读者的神经。在这个系列里，近年读到的《寻找莎士比亚：探访莎剧中的意大利》（*The Shakespeare Guide to Italy: Retracing the Bard's Unknown Travels*）是相对“软性”的一本。它并没有像那些更具有攻击性的“倒莎派”那样，抬出哪个比“埃文河畔斯特拉福的莎士比亚”更有资格成为莎剧作者的人物（比如培根，甚至伊丽莎白一世本人），整本书乍一看近乎导游手册。作者理查德·保罗·罗行文克制，除了用“我们的剧作家”替代本应出现“莎士比亚”的地方，你几乎看不到特别明显的“倒莎派”锋芒。

然而，保罗·罗先生穷极二十年、耗尽下半生（该书出版时他已去世），游历意大利全境，收集大量照片和地图，最后的结论是：唯有对意大利“深度游”过甚至长久居住过的人才可能写出那十三部意大利题材的“莎剧”，而这与学界普遍认定的莎士比亚生平相悖（通常认为莎翁不仅从没有出过国，而且也不太懂拉丁文）。他的潜台词是，或者莎士比亚的生平记述中漏掉了一大段他在海外云游的经历（那么，那个同时在环球剧场里又编又演的家伙难道是他的分身？）；或者，这些戏的作者另有其人。“足不出户的年轻人永远只是平庸的脑瓜”，莎剧《维罗纳二绅士》里的这句台词正好被倒莎派顺手拿来当炮弹。

结论并不重要，有趣的是保罗·罗先生罗列的证据尽管不失严谨，却比一般的学术研究更具有娱乐性。比如他在《罗密欧与朱丽叶》的台词里读到一大片“扎根城下”“向西面生长”的槭树林，而故事的原型——意大利民间故事以及此后频繁的变体（比如布鲁克的叙事诗）中均未提及。意大利之行的第一站，保罗·罗先生就在维罗纳城外找到了这片古老的槭树林，虽然已经被现代化的大道和十字街分割得支离破碎，但它毕竟仍旧生长在老地方，仿佛与文本血肉相连。

整本书充满着这样“宛若神迹”的时刻，尽管表面上文字比较感性，但实际上严格遵循“倒莎派”的经典套路：即认为莎士比亚的家庭出身、教育背景、人生经历，不足以承载知识容量如此之大的三十多部莎剧——说得更直白一点，他们认定，这个人类文化史上最重要的文化符号，理应是更“高眉”的产物。这样的说法当然不够政治正确，但是长期以来，“保莎派”也确实苦于缺乏强有力的证据，正面解释这些问题。哪怕是英国最为正统的普及性读物，也往往淡化莎士比亚本人的生涯是多么励志多么传奇，而把重点放在渲染其文学成就和描述其所在的时代。大英博物馆馆长尼尔·麦克格雷格前几年在BBC做的广播节目就是走这样的路线。2012年，他将讲稿编撰成《莎士比亚的动荡世界》（*Shakespeare's*

Restless World）时，当然要发挥大英的馆藏优势，配上翔实而醒目的插图，在视觉上还原一个绚丽而充满变数的时代。

比起同样以莎士比亚时代为切入点的名作《1599：那一年的莎士比亚》（*1599: a year in the life of William Shakespeare*），《莎士比亚的动荡世界》的密度要小一些，内容也通俗得多，但主旨大体上一脉相承，后者展示的很多细节也颇有启发性。比如说到当时的剧院观众，与如今衣冠楚楚、正襟危坐的状态相去甚远。那时所有的公共演出都是下午场，露天剧场上依靠日光照明，舞台上刀光剑影（都是真刀实剑，所以当时的剧场和剧团也常常发生暴力斗殴事件），台下的观众席则充满了被黄段子逗得一浪高过一浪的笑声，以及各种各样的酒精、坚果，甚至现开现吃的牡蛎。如果一定要类比，那么当年环球剧场的气氛，可能更接近德云社，而非上海大剧院。

统治者对于剧院的态度颇为复杂。他们一方面看到戏剧——尤其是当时最叫座的关于英格兰历史的剧目"在锻造新的国族认同的过程中起到关键作用"，另一方面也能感觉到在演出中积聚的民间智慧"在创立新的国家身份的同时也分裂了这一身份"。因此，包括莎士比亚在内的剧作家必然清楚地意识到，他们的创作是受到诸多限制的，有一些题材不可轻易触碰（就算碰也只能含沙射影）——比如瘟疫的流行和爱尔兰危机，还有人们对未来女王一旦驾崩之后国家命运的巨大恐惧。

但也恰恰是基于这种不可言说的恐惧，台上的演员与台下的观众之间形成了强烈而默契的代入感。莎剧中的舞台提示远比台词可怕，动不动就是“两手及舌均被割去”（《泰特斯·安德洛尼克斯》，或者“王后手捧萨福克头颅上”（《亨利六世》）——观众和政府似乎都不觉得这样有什么不妥。当时的国民担心女王会被英国的敌人谋害，而这种情绪有相当一部分也是当权者精心培植的结果，所以莎剧中频繁出现的暗杀和密谋同时激发着上层和下层的肾上腺素。人们从几百年或者几十年前的故事里窥见当下的阴影，就着新鲜牡蛎肉，细细咀嚼着隐秘的兴奋。

有意无意间，“保莎派”往往把关注的重心，放在莎士比亚与时代的关系上，更倾向于将他置于当时的剧团和舞台上来考量其创作。纸面上的莎士比亚，博闻广识仿佛超越其阶层，显得如此匪夷所思；而那个活跃在台前幕后的莎士比亚，那个最擅长在台词中“现挂”时事、夹荤带素的莎士比亚，固然趋时应变、上达天听，但更下接地气，视观众的直接反应为灵感源泉。莎剧是那个时代不折不扣的大众艺术，其中蕴含着某种特殊的、“从群众中来到群众中去”的活力，这是关在书斋里的贵族们无力企及的。归根结底，莎剧是“演”出来而不是“写”出来的，早在凝固成文本之前，它们已经在剧场里经受过千锤百炼——这一点为莎士比亚之所以是莎士比亚，加上了一块有分量的砝码。

回到安东尼·伯吉斯的传记《莎士比亚》——其中最可玩味处，就是把莎剧的这种特殊的活力，作为贯穿始终的核心。尽管这部传记旁征博引，在史实考证上未敢擅越雷池，但对于像伯吉斯这样写过小说《发条橙》的作家而言，藉“莎”明志、阐述自己的文学观，必然是题中之意。所以在对很多问题的判断上，伯吉斯下笔铿锵利落，火花四溅。在反驳培根学派时，伯吉斯提出莎剧对白通常是“滔滔不绝的高谈阔论，直到被另一个人物滔滔不绝的高谈阔论压倒为止”，与《培根随笔》的风格南辕北辙。在他看来，剥开这些气势非凡的句子的表皮，莎士比亚的本色仍然清晰可见：“一个乡村青年一心要在一场都市人的游戏中击败训练有素的都市人，但又时常没有耐心彻底学会全部课程。”

除了伯吉斯，你很难想象别人用这样的口气谈论莎士比亚，你简直可以看见一只手跨过四百年，拍拍那个叫威尔的“伦（敦）漂”青年的肩膀。有时候，我觉得这就是为什么面对众多关于莎翁的材料，我仍有重读伯吉斯的必要。伯吉斯在这本书的“前言”里就强调，“我在这里所要求的，是古往今来每一个莎士比亚爱好者按自己的意思为莎士比亚画像的权利”。伯吉斯并未在书中宣布重大发现（他一生致力于研究莎学，但“发现”的事实可能还不如我们的红学家一年的成果多），他手中的画笔和颜料与其他研究专著并无多少不同，但我喜欢他自己给这部传记定的调：“要想知道莎士比亚的相貌，我们只需照一下镜子……他的背像个驼峰，驮着一种神奇而又未知何故显得不相干的天才。这天才比人世间任何天才都更加能够使我们安于做人，做那既不足以为神又不足以为兽的不甚理想的杂交儿。”

本着这样的基调，伯吉斯获得了独特的观察视角。16世纪，竞争激烈的戏剧市场上人才辈出，但唯有莎士比亚的光芒穿透时代，足以遮蔽当时与其亦敌亦友的本·琼生。作为现成的参照，伯吉斯在书中也给了琼生足够多的笔墨。詹姆斯一世登基之后，市面上开始流行舞美新奇复杂但人物和台词空洞做作的假面剧。这类剧主题抽象，按道德剧的风格拟人化，通常总是善恶双方装模作样地较量一番，一律以善大获全胜而告终。彼时，琼生为了取得高额报酬，“从未放过任何机会在短小的假面剧中炫耀自己的智慧、学识与诗才”，而莎士比亚却基本没有卷入这股浪潮，最多在后期的剧本中加入类似假面剧的鬼魂显灵的片段。在莎士比亚看来，巫术适合编入一部严肃的悲剧，而琼生则热衷于写《女巫的假面剧》，以此取悦宫廷。结局可谓求仁得仁：琼生赶上了时髦，抓到了现钞；莎士比亚则在那段时间里完成了《奥赛罗》和《麦克白》。

在莎剧的众多人物中，伯吉斯对福斯塔夫（先后出现在《亨利四世》《亨利五世》《温莎的风流娘儿们》里）倾注了最大的热情。这不是个容易论述的人物，大多数评论家停留在赞美剧作家高超的技巧，却难以解释这个几乎不具备任何美德的弄臣，何以成为所有文学作品中最可爱的人物之一。"这在那些以为可爱即美德的人看来永远是个谜，"伯吉斯不无得意地说，"但是，在另一些人看来，这并无任何神秘之处，因为他们知道战争、官方宣传、怪诞的清教主义、辛苦的工作、迂腐均无德行可言，他们反而珍爱着堕落的人性，喜欢与之相伴的无赖和机智。福斯塔夫精神是文明的伟大支柱。国家太强盛、人们过分为自己灵魂操心的时候，这种精神也就消失了。"

看到这一段，一辈子讨厌莎士比亚的托尔斯泰脸上会浮起鄙夷，但不屑开口；第一个跳起来反对的，多半会是那个写过《英国文学的伟大传统》的安妮特·T. 鲁宾斯坦。虽然她也是坚定的保莎派，对“伟大作家”莎士比亚不吝溢美，同时也承认福斯塔夫“真实、幽默有魅力”，却在文本细读时难以掩饰对这个“精神饱满的恶棍”发自内心的反感。她能够理解伯吉斯用耸动的字眼，从这个人物身上提炼出“精神”的用意吗?

或许可以这样说：某种几乎出于直觉的一边建构一边解构的能力，是福斯塔夫的天分，也是莎士比亚的天分，而这正是我们揭开莎剧的古典面纱便能窥见其现代性的关键。从这个角度看，塑造福斯塔夫之于文学的意义，并不见得比莎翁为现代英语创造了两千多个词汇的功绩更小。

“我们说到莎士比亚精神，有时主要指福斯塔夫精神……召唤福斯塔夫，其实是在召唤一种民间的精神……”在这里，伯吉斯调动宏大的、煽动性十足的字眼，以莎士比亚的方式谈论莎士比亚。口吻半真半假，态度亦喜亦悲，真诚而世故，华丽而卑微，始终保留对一切事物讴歌与怀疑的能力，这是伯吉斯以及类似的英国作家们从莎士比亚那里继承的最宝贵的遗产。

楼顶上的狐狸

就像所有水准线以上的传记一样，《天才的编辑》也把传主麦克斯·珀金斯从编辑行业的神还原成了人。所以，如果能打乱这本将近六百页的作品的叙事顺序，我更愿意从珀金斯的一个不太成功的案例谈起。

厄斯金·考德威尔进入珀金斯视野时尚且寂寂无名，经过一番可以想象的投稿／退稿回合之后，终于有两个短篇被珀金斯所在的斯克里伯纳出版社旗下的同名杂志录用。在考德威尔的自述中，珀金斯当时给他开的条件远远超出了一个新作者的期望，他们的对话简直类似于一段颇具反转效果的情景剧台词："二加五十？我不知道。我还以为可以拿得比这多一点。""你那么想？那三加五十应该没得说了吧。我们为这两个短篇能付的最多也就这点了，我们得考虑成本。""那就这么着吧。我还以为两篇加起来总会比三块五多一点。""三块五？哦，不！我一定是让你误会了，我的意思是三百五十元。"

但紧接着情景剧就开始走味：主旋律是考德威尔在斯克里伯纳出版社的单行本《美国的土地》和《烟草路》的销售版税甚至不足以达到他拿走的预付金，聊作和声的是评论界教人难堪的沉默。珀金斯只好婉拒了考德威尔的第三部小说，退稿信写得不无哀怨："……令人沮丧的销售促使出版社以一种前所未有的现实态度打量这部书稿，简直没法跟那些纯粹以销售数据说话、只重实际的人争论。无法向你形容我遗憾的心情。"

压垮考德威尔的最后一根稻草是经纪人把他引荐给维京出版社时走进了一家合意的餐馆，对方让他想吃什么就点什么，"不用考虑价格"。考德威尔的眼前不禁浮现出珀金斯唯一请过他的那顿饭：小店，花生，黄油，果酱三明治和一杯橙汁，还有珀金斯那句一点也不好笑的笑话："在佛蒙特，男人消瘦而饥饿的面容是备受尊敬的。"于是，怀着对珀金斯的"帮助和忠告"的无限留恋，考德威尔蝉过别枝。新东家接盘的时机刚刚好：在此后的七年中，根据《烟草路》改编的戏剧创下了百老汇的演出纪录，考德威尔的事业从此蒸蒸日上，但他再也没有在斯克里伯纳出书。

珀金斯得罪或错失的作家当然不止这一个，原因五花八门。舍伍德·安德森在创作巅峰期过后开始在斯克里伯纳出书，他寄希望于依靠珀金斯重回大师行列，熬到第七年终于大失所望。“你的确对你的一些别的作者显示了巨大的兴趣”，他留下这样伤心的句子，随即绝尘而去，转投别社几个月之后死于腹膜炎。还有一个微妙的例子是福克纳：珀金斯至少有两次将他收罗帐下的机会，最终放弃行动的理由只有一条——怕海明威妒忌。彼时的珀金斯已经是行业传奇，马尔科姆·考利发在《纽约客》上的那篇人物特写《矢志不渝的朋友》将他推上了个人声誉的顶峰——即便如此，他仍然必须在文学生态圈里费心周旋，外圈是口味莫测的读者、难以取悦的评论家和在食物链上毗邻的文学经纪人，内圈是出版社里“纯粹以销售数据说话、只重实际的人”，核心则是编辑与作家在技术与情感上的双重对弈。初衷都是要把这盘棋下到天荒地老的，但中途掀桌走人、谈钱伤感情或者谈感情伤钱的变故也在所难免。只不过，关乎文学，事情就会变得更戏剧化一点。

奠定珀金斯编辑生涯的三局棋构成了《天才的编辑》的主体，对手分别是菲茨杰拉德、海明威以及托马斯·沃尔夫，每一个都贴得上大众心目中的“天才”标签：成名够传奇，才华够横溢，起伏够跌宕，辞世够扼腕。这也是这部传记的可读性大大超过期望值的原因——沿着珀金斯的目光，我们窥视了天才们最放松也最任性的时光，发现他们有时候比自己笔下的人物更脆弱。

珀金斯对菲茨杰拉德说的一席话曾经被反复引用：“不要一味听从我的判断。假如我的判断真的让你在关键之处听从了我，我会感到羞耻，因为一个作家，无论如何，必须说出自己的声音。”但他们之间的通信可以证明，在写作过程中，恰恰是在好几个“关键之处”，珀金斯的判断照亮了菲茨杰拉德艰难跋涉的夜路。

“现在几乎所有读者都对他如何聚敛巨大财富而困惑不解，觉得应该得到解释，当然，给出一个明确、清晰的答案是愚蠢的。你也许可以在这儿那儿插入某些短语，可能的话，安排一些各种各样的事件，轻轻带几笔，暗示他正积极从事某些神秘的事情。你写了他去接电话，何不让他在酒会上与政界、赌场、体坛或随便什么行当的神秘要人商谈的时候，被人看见一两回呢。可能我是在乱出主意，不过这种实话也许有助于你明白我的意思。在那么长的故事篇幅中完全缺乏解释——或者不说解释，而是某种解释的暗示——我认为是一种不足。他究竟是干什么的，答案即使能说，也不能清清楚楚地说出来。无论他是被别人利用的无辜者，还是他卷入到何种程度，都不应该解释。但假如只是隐约勾勒出他某种生意活动的轮廓，倒是可以增加故事中这一部分的真实性。他自称毕业于牛津、当过兵之类的说法，我以为你在实际的叙述过程中会设法逐步让读者知道真相。”

在引用这段话时我不舍得删去一个字。这已经超越了编辑的职业标准，完全可以载入文学史，成为阐述小说现代性的范本。在这个案例中，编辑的敏锐的文字嗅觉以及他在琐碎日常工作中练就的实际操作能力，足以让很多凌空虚蹈的文学教授汗颜。末了，在预见了这部作品的巨大潜力之余（“而所有这些，以及整个悲剧性的情节，在任何时候，任何地方，在文学上都有一席之地，借助 T.J. 埃克尔堡之力，以及他投向天空、大海，或者城市的那不经意的一瞥，你已赋予了一种永恒之感”），珀金斯又退回一个编辑的位置安守本分：“我不知如何改进，但我相信你总有办法解决的，在这里我只想说，我认为它需要加点什么内容来控制节奏和连贯性。”比起多年后以近乎专制的态度“塑造”并伤害了卡佛的著名编辑戈登·利什来，珀金斯的进退有度几乎像一个奇迹。

从最后的成品看，作者不仅心甘情愿地采纳了编辑的每一条建议，而且把他们俩本来都觉得“松松垮垮”的第六章和第七章加固成全书节奏最紧凑、推进速度最坚决的段落。结构封顶之后，在菲茨杰拉德选择困难症发作时，珀金斯又跟泽尔达一起帮助他在一堆拗口的标题中一锤定音：这个“堪称奇迹”（珀金斯语）的中篇小说定名为《了不起的盖茨比》。

此后是我们大家都熟悉的故事，菲茨杰拉德踩着和盖茨比相仿的节奏飞升、坠落，珀金斯则一直隔着不远不近的距离欣喜或担忧。担忧渐渐超过了欣喜，珀金斯通过出版社预支稿费和自掏腰包借钱给菲氏的次数也渐渐超过了他进出其豪宅参加派对的次数。珀金斯曾经写信给朋友，说他垫钱是“因为出版社已经没有经济上的正当理由可以继续借钱给他。我想让他能够专心写作，避开好莱坞以及诸如此类花天酒地的生活”。

海明威同样需要珀金斯在创作与经济上给予长期关注，但这位自认为比菲茨杰拉德“硬汉”一百倍的天才当然会自创一套麻烦，等待珀金斯替他量身定制解决方案。为了海明威，羞涩古板的珀金斯（他表达最强烈的情绪的字眼是“上帝呀”）被迫到老板那里去讨论他小说中的那些粗话该怎么处理。珀金斯实在羞于启齿，于是老板只能发话：“那就写下来吧。”

珀金斯只好写下来。老板一瞥便笺簿，摇着头说：“麦克斯，如果海明威听说你连那个词都写不出手，他会怎么看你？”珀金斯很快发现，这一类麻烦成了连续剧。他得耗费好一番口舌，才能说服海明威处理《死在午后》里的“四字词”——即根据大多数州的法规，把四个字母中的两个字母空出来。他甚至得耗费更多的口舌，才获准在《非洲的青山》的校样上，改掉海明威以“母狗”代称格特鲁德·斯泰因的段落。海明威最后只同意把“母狗”都改成female——你可以译成“女的”，也能译成“母的”；既足以使斯泰因暴跳如雷，也能让珀金斯勉强满意。

偶尔，当海明威的阳刚指数亟须自我确认时，珀金斯的办公室还得充当战场。他旗下的另一位作者麦克斯·伊斯特曼写过一篇评论海明威的文章，断言其“对自己是个大个子男人这一点还缺乏笃定的自信”，文字风格“堪比在胸口上贴假胸毛”，这段话被海明威直接翻译成了对其性能力的恶毒攻击。可想而知，当他们俩在珀金斯办公室巧遇时，一场动作戏便如箭在弦上。海明威先亮出“毛茸茸的胸膛”，然后“笑嘻嘻地上前伸手解开伊斯特曼的衬衫扣子，露出他那光秃秃的、如男人秃顶的胸膛”。为了化解危机，珀金斯甚至也准备解开自己的衬衫，把剧情往自己身上引。然而，来不及了，海明威开始质问，进而朗读那些引发冲突的句子。珀金斯再度试图扑火，自告奋勇把书念下去，但海明威抢过书扔向伊斯特曼，两人终于成功地扭打在一起。

不过，若论珀金斯投入的情感强度，则海明威与菲茨杰拉德这两个案例加在一起也比不上托马斯·沃尔夫。沃尔夫下笔千言，砖头厚的稿子砸到各出版社无人敢接，珀金斯就捡起来一句一句推敲。每次沃尔夫指出他自己愿意删掉的段落，珀金斯反而作势要阻止他：“不，你必须一字不动地保留——这段描写太棒了。”珀金斯就是有这样的本事，从作者血肉间长出的文字会迅速在他身上扎下根，进而长出枝叶来。他习惯于把困难的问题留到最后，有了前面那些感同身受的铺垫，像“缺乏真正的结构”这样的评语就更容易被作者接受。最后，沃尔夫非但没有因为大篇幅删节的建议而沮丧，反而觉得空前地轻松。“在我记忆中，”他说，“这还是第一次有人这么具体地告诉我，我写的东西还值那么几个钱。”

这一改就足足删去了九万个词，在别处屡遭冷遇的稿子《啊，失去的》成了现象级畅销书《天使，望故乡》，同时，却也种下了多年之后两人渐生嫌隙的祸根：1936 年，沃尔夫的宿敌——评论家德·沃托以沃尔夫曾在第二部小说《时间与河流》中向珀金斯致谢（修改的规模与第一部不相上下）为论据，得出了刻薄的结论："这本书所体现出的组织能力、批判智慧，并不出自艺术家的内心，也不出自他对作品形式和完美的感受，而是出自出版社的办公室。"两人之间所有的积怨都被这条离间计点燃了。这些积怨既有编务琐事中产生的分歧，也有沃尔夫出于作家本能的窥私癖——他总是把珀金斯透露给他的办公室八卦写进小说里。但究其实质，这是任何一对亲密到他们这种程度的人都可能爆发的危机。当珀金斯的太太和沃尔夫的情人艾琳（说到他和艾琳死去活来、纠缠一生的姐弟恋，则又是一个很长的狗血故事）都在抱怨他们俩的友情占去了彼此太多的时间时，当沃尔夫在作品中把珀金斯比喻成"狐狸"时（"狡猾的狐狸，你的狡猾是多么单纯，你的单纯又是多么狡猾……你为人公正，眼光犀利……高尚……单纯——但是从来没有在讨价还价中吃过亏！"），这一对"天作之合"就离分手不远了。可想而知，好莱坞将《天才的编辑》改编成电影，动用科林·费尔斯和裘德·洛这样的大卡司，看中的也正是这个爱恨交缠、有多重解读空间的故事——更何况，它还有一个催人泪下的结局：

三十八岁的沃尔夫死于脑结核，临终前给已经交恶的珀金斯写信，缅怀往日时光，声言友情不渝：“我永远都会记得三年前你我在船上相见，然后我们登上高楼楼顶，感受下面这座城市和生活的所有奇特、荣耀和力量。”

珀金斯的成就之所以无法复制，至少有一部分原因，是如今高度产业化的出版界已经不可能再找回 20 世纪二三十年代的文艺氛围。那些年，好作家和好编辑之间更少精确的测算，更多随性的发挥，在规模庞大、分工精细的流水线出现之前，还残留着一点手工作坊式的温暖。那些年，珀金斯和沃尔夫站在高楼上壮怀激烈，海明威发电报宣告他终于想出了小说《丧钟为谁而鸣》的结局——“桥被炸毁”，菲茨杰拉德醉醺醺地说“我是一个好蛋你也是一个好蛋”，然后开车载着珀金斯一头扎进池塘里。这是珀金斯最爱跟别人讲的笑话，每讲一次，那个池塘的面积便在“狐狸”的描述中被扩大一次。或许可以这样说，所谓“天才的编辑”，乃是个人与时代的相互成全。

归根结底，狐狸究竟是怎样的人？楼顶上的狐狸，池塘里的狐狸，办公室里的狐狸，哪个才是真正的珀金斯？通过这本传记，其实你很难得到特别明确的答案，因为在大部分故事中，他总是自觉充当那个更低调更克制的配角，他习惯于被天才的光辉照耀得面目模糊。我们只知道，在某些方面，珀金斯好像并不适合这个职业。他拼写很差，标点乱用，阅读“慢得像头牛”，但是“他对待文学就像对待生死”。他并不跟所有作家都搭调，最吸引他的，总是那类璀璨夺目却洋溢着悲剧色彩的天才——或许正因为如此，他跟他的天才们都难逃英年早逝的厄运。他固执，拘谨，周期性抑郁。他跟太太的关系从中规中矩到渐趋淡漠，一共生养了五个女儿，还有一个终生默契却不越雷池的女性朋友伊丽莎白·莱蒙。尽管相貌英俊，很容易引起女性的注意，珀金斯却不太擅长与女作家合作，而且终其一生，他对待女性的态度总是自相矛盾，对她们既思慕又厌弃。独处时，他似乎是个十分乏味的人，每天的作息时间雷打不动，走同样的通勤路线，吃同样的午餐。他的热情有一多半都倾注在写给作者的信里，书信的见识与文采在圈里传为美谈。有人忍不住问他：“你自己为何不写作？我觉得你的写作水平会远高于现在大多数的写作者。”沉思好几天以后，珀金斯才缓缓作答：“因为我是编辑。”

谁拿着那支笔

结尾

《甜牙》(*Sweet Tooth*) 的结尾，就是它的开头。但是这不等于说，如果只读一遍的话，你可以从结尾读起。如果想要做详尽的技术分析，则《甜牙》是个让评论家进退两难的文本——如果不“剧透”，你的分析就成了失去支点的杠杆；反之，你一杠杆下去，撬翻的就是这个文本的特殊结构以及因为这种结构所催生的，作者与读者之间的特殊默契。说实话，《甜牙》似乎是那种并不需要文本分析的文本，因为几乎所有对这个文本的分析都已内化在文本中。

所以，对《甜牙》最好的解读方式，就是按照作者设置的顺序，一章一章地读到最后，等待结尾向前文的反戈一击，等待你刚读完的那个故事突然被赋予崭新的意义。这种“反转”并非仅仅是剧情意义上的，反转的过程本身就是阐释作者意图的钥匙。这里面蕴含着颇为公平的游戏规则：你如果谨遵作者的导引，不犯规不越界，沿着那条看起来最平实、最机械、最费心劳力的路抵达终点，你得到的收益也最多。

年代

这种特殊的结构留给评析者的发挥空间其实相当有限。聊胜于无的，是在小说的表层叙述中捡一点碎片，说两句无关痛痒的画外音。比如，像麦克尤恩近年来的其他小说一样，《甜牙》也是那种情节与其所处的时代咬合得格外紧密的作品。表层的第一人称叙述者是一位出身教会保守家庭，在剑桥读书时又被年长她一倍的情人招募到军情五处的女特工。尽管塞丽娜只是职位最低且备受女性歧视政策压制的文职助理（五处的不成文共识是：女人守不住秘密），她仍比一般的女人更有条件叙述英国70年代的整体状况，毋宁说是腹背受敌的社会困境——冷战意识大面积渗入普通人的生活，爱尔兰共和军的恐怖活动和全国性罢工运动此起彼伏，中东危机导致能源匮乏，嬉皮士运动退潮，将一大批精神幻灭、身体困倦的青年扔在了沙滩上。

总体上，《甜牙》中有关70年代的描写，调子远比《在切瑟尔海滩》中的60年代更灰暗更压抑，更洋溢着“无力挣脱只能就范”的失重感。不过，个体在特定时代中的感受未必整齐划一，麦克尤恩本人在访谈中提及其个人经历时，就有更为“正能量”的描述：70年代早期，麦克尤恩从诺维奇来到伦敦，他把那时的自己形容成一只“乡下老鼠”，整天问自己：“怎么才能改变这种局面？我怎么才能变成一头狮子？靠吼！”此后，他果然抛出一串挑战读者接受底线的短篇小说，以“恐怖伊恩”的姿态“吼”进了伦敦文坛，先后结识马丁·艾米斯、克里斯托弗·希金斯、朱利安·巴恩斯、伊恩·汉密尔顿、汤姆·麦奇勒这些文学界、出版界的风云人物。“我们的对话轻快热闹，这个圈子的魅力难以阻挡，”麦克尤恩说，“某种程度上这就像是找到了一个家，在一批同代人里构造一个世界。”

这一批“同代人”无一漏网，全都给指名道姓地写进了《甜牙》，而且并不显得牵强。因为按照故事的安排，作为五处中唯一热衷于读小说的女文青，而且“碰巧”长着仿佛直接从小说中走出来的身材和相貌，塞丽娜接受了一项特殊任务：“甜牙”行动旨在以间接而隐蔽的方式资助那些在意识形态上符合英国利益且对大众具有影响力的写作者，而塞丽娜负责接近并引诱其加盟的是这项行动中唯一的小说家，汤姆·黑利。汤姆的出身和经历很符合麦克尤恩本人在70年代的轨迹，因此后者“圈子”里的人一一登场，倒也顺理成章。我们甚至可以根据《甜牙》对这些真实人物的调侃力度，判断他们与麦克尤恩的亲密程度。力拔头筹的显然应该是马丁·艾米斯，因为汤姆在给塞丽娜的一封信中，描述了马丁在某次朗读会上的表现，委实栩栩如生：

> “艾米斯读的是他的长篇《雷切尔文件》选段。这小说既色情，又刻毒，还非常风趣——实在太风趣了，以至于他只能不时停顿，好让读者从狂笑中缓过来。他读完之后轮到汤姆上台，可此时掌声还经久不息，汤姆只

好转身退回到昏暗的台侧。人们还在平复笑岔的气，抹着笑出的眼泪。他终于走到讲桌前，介绍‘我这三千词的恶疾、脓血与死亡’。他念到一半，甚至父女俩还来不及陷入昏迷状态时，有些观众就退场了。没准人们需要赶最后一班火车，可是汤姆觉得自信心受到了打击，他的嗓音变得单薄，在几个简单的词儿上磕磕巴巴，念着念着还漏了一句，只好回过来重读。他觉得一屋子的人都讨厌他把刚才兴高采烈的气氛给破坏了。最后听众也鼓了掌，因为他们很高兴这场折磨终于结束了。之后，在酒吧里，他向艾米斯表示祝贺，后者并未报以同样的赞美。不过，他给汤姆买了三倍分量的苏格兰威士忌。”

另外可以提供佐证的是，《甜牙》中一共出现了汤姆写的六部小说，其中有三部都能在麦克尤恩本人的短篇集《床第之间》中找到原型。被一笔带过的《她的第二部小说》，大抵是《一头宠猿的遐思》；被塞丽娜详细复述的《爱人们》则用了《即仙即死》的框架；至于那部帮助汤姆赢得“奥斯丁奖”（此奖系麦克尤恩杜撰，但与布克奖之间不无变形的镜像关系）的《来自萨默塞特平原》，则是《两个碎片》的扩充与延伸。这种选择并非仅仅出于怀旧或自恋，因为上述三个例子确实都能折射当时在主流文坛上具有代表性的新锐文学样式，而七八十年代在英国文坛崭露头角的麦克尤恩本人也正是这类新锐作家的代表，其赖以成名的，正是他积极探索人性阴暗面、不惮在文学技巧实验室里研制新产品的作风。值得注意的是，《甜牙》中出现的另三部作品——通过塞丽娜的阅读与重述展现在读者面前——都更接近麦克尤恩现在的风格，正好与前三部构成饶有意味的对照。小说的后半段还暗示，经过“甜牙”事件后，汤姆将在写作风格上发生剧变，这在某种程度上也可以看作是麦克尤恩的夫子自道。

谍战

当然，作为小说的核心事件，“甜牙行动”本身并没有麦克尤恩一丁点“自传体”的痕迹。麦克尤恩本人与军情五处最近的距离，不过是读了一堆相关传记，查过一些相关档案，外加跟儿子一起，在互联网上试着申请过军情五处的职位，回答了几个莫名其妙的问题，比如“加拿大大雁的迁徙模式”。他的游戏之举当然以失败而告终。“我无法用这样的方式报效祖国”，他的结论照例半真半假，世故得让人微微愠怒。这种口吻在他的小说中无处不在。

《甜牙》对于间谍世界的展示，刻意与老套程式中的“谍战”拉开距离，我们看不到神秘的、大规模的智力游戏，只有琐碎可笑、被一整套官僚主义和机构内卷化效应拖得一步一喘的办公室政治。无论是一份理由暧昧的密控档案，一篇只消上级一个眼神就推倒主旨的报告，还是一位因为个性张扬就遭到解雇的女职员（塞丽娜的闺蜜），都折射着某种早已被习以为常的荒诞性。甚至“甜牙行动”本身，究其实质，不过是在冷战处于胶着期时，五处与六处对日渐紧张的资源的争夺，以及英国特工机构与财大气粗的美国中情局之间微妙关系的曲折反映而已。按照汤姆恍然大悟后的说法，“这是在发疯。这是那些特务官僚机构让自己一直有活干的办法。不晓得哪个妄自尊大的年轻人，怀揣暧昧的梦想，拿出这条诡计取悦他的上级。可是谁也不知道这样做有什么目的，有什么意义。甚至没人会问。这真够卡夫卡的”。

作为“文学”与“谍战”的特殊“嫁接”形式，“甜牙行动”当然不是无本之木。英国文学圈与政治素来深厚的关系，英国小说界与间谍业之间素来纠结的瓜葛（我们熟悉的毛姆、格林、弗莱明和勒卡雷之类，都是著名的“跨界”人物），都可视为《甜牙》的灵感源泉。更直接触发麦克尤恩写作动机的是近年来不断解密的关于“软性冷战”的档案，其中既有英国外交部情报司对乔治·奥威尔的作品《一九八四》和《动物农庄》的全球性推广，也包括中情局对《日瓦戈医生》及《邂逅》杂志的资助。

基于以上背景，我们就可以理解《甜牙》与典型的间谍小说之间，究竟有多大程度的不同（当然，这仅仅是“不同”之一）。尽管麦克尤恩对间谍小说有浓厚的兴趣，并且多次在访谈中宣称英国文坛欠约翰·勒卡雷一个布克奖，但你如果纯粹以勒卡雷式的间谍小说标准来衡量《甜牙》，恐怕会怅然若失。话说回来，从《最初的爱情，最后的仪式》到《追日》，麦克尤恩什么时候给过我们意料之中的，纯粹而表象的东西？哪一次我们不需要费力拨开结在表面的蛛网，才能窥见作者的用心？

至少有一部分用心，是揭示人，尤其是知识分子保持思维独立、心灵自由的困难——这种困难往往潜移默化，钝刀磨人，最后让“初心”变成一个惨淡的笑话。当你以为你获得了自由，当你以为在用自己的脑子思考时，恰恰可能是你走入囚牢的开始。把这个无形的囚牢的外延扩大，几乎可以把整个世界装进去。一如既往地，麦克尤恩并不让作者的立场干涉读者的视角，最大限度地克制了在意识形态问题上跳出来评判是非的冲动。毕竟，在并不算太长的篇幅里，通过有限的视角，将历史政治揉碎后编入生活细节的能力，以及对于泛政治的社会生活的复杂性的全景展示，是麦克尤恩一向擅长的绝活。

爱情

就像大部分读者在前半段就能猜到的那样，汤姆和塞丽娜相爱了。爱得步步为营，爱得亦真亦假，爱得绝处逢生。即使不揭开结尾的玄机，未曾感受到关键性的逆转给这段感情增加的冲击力，我们也足以通过前二十一章体会其复杂、细腻与吊诡。对结构敏感一些的读者，还能在读到总页数的一半时，从汤姆创作的小说《逢“床”做戏》中若有所悟——没错，你确实可以把这个故事看成是对整部小说，或者是对汤姆和塞丽娜的“整个爱情”的隐喻。从读书到阅人，从俘获到被俘获，从完成任务到摧毁任务，从欺骗到被欺骗，这些因素到了麦克尤恩笔下，成了丝丝入扣、令人信服的情感催化剂。

“过于娴熟的技术导致真实的情感力量缺失”是近年来麦克尤恩的作品常常会被人扣上的帽子，但在我看来，《甜牙》是个例外。当汤姆和塞丽娜的情感被置于角度复杂的棱镜中时，当“真实”不再像许多传统小说那样具有唯一的维度时，《甜牙》在很多章节（尤其是下半部）中的情感力量饱满到几乎要溢出来的地步。《甜牙》中引用过奥登的名作《一九三九年九月一日》，其实，如果拿奥登的另一首短诗形容汤姆与塞丽娜的爱情，也格外恰切。那首诗写于 1928 年，标题是“间谍”，但经过考证，它却是一首借间谍的意象表达思慕爱人的情诗：“……黑暗中，被奔腾的水流声吵醒 / 他常为已然梦见的一个同伴 / 将夜晚责备。他们会开枪，理所当然 / 轻易就将从未会合的两人拆散。”

开端

上述这些关键词——政治与文学、间谍与作家、读者与作者、欺骗与爱情——都将被最后一章的反转赋予新的意义。你会看到，在前面的情节中已经为你熟识的人物及其相互关系，怎样在突然间都站到了镜子的另一面，怎样在新的叙事光芒的照耀下产生了巨大的张力。这样的处理有点像《赎罪》，但麦克尤恩显然找到了更能渗透到细节中的表达方式。这种反转，无论在技术难度上，还是最后推进的强度上，都要比《赎罪》高一个台阶。

所以我们终于跟着结尾又回到了开头。我们再次默念第一句："我叫塞丽娜·弗鲁姆（跟'羽毛'那个词儿押韵），约莫四十年前，我受英国军情五处派遣，履行一项秘密使命。我没能安然归来。干了十八个月之后，我被他们解雇，非但身败名裂，还毁了我的情人，尽管，毫无疑问，他对于自己的一败涂地也难辞其咎。"按照麦克尤恩的说法，他之所以写这句话，之所以强调弗鲁姆与"羽毛"这个词儿押韵，是在暗示读者，更是要提醒自己，这个故事讲的是"谁在控制叙事，谁拿着那支笔"。

度量盖茨比

速度

在《了不起的盖茨比》中，“那个夏天的故事”是从尼克“开着车”从西卵到东卵布坎农夫妇家吃饭的那个晚上，“才真正开始”的。紧接着，尼克见到黛西的第一句俏皮话，就是夸张地形容芝加哥亲友如何想念她：“全城都凄凄惨惨，所有的汽车都把左后轮漆上了黑漆当花圈，沿着城北的湖边整夜哀声不绝于耳。”

可以理解尼克何以如此便利修辞：20 年代的美国确实正值汽车工业的高速膨胀期。亨利·福特的汽车装配线上流动着黑色的速度之梦——“只要它是黑色的，人们就可以替它‘染’上任何色彩。”福特微笑着说。当时他的流水线已经可以日产汽车 4 000 辆，每辆价格从 950 美元降到 290 美元，像尼克这样刚刚从中西部来到纽约学债券生意的年轻人也能负担得起。仅仅在美国，汽车工业每年就直接间接地为 370 万人提供了就业机会，这其中就包括小说里在“灰堆”的加油站中辛苦讨生活、最后直接导致盖茨比血案的威尔逊夫妇。乔治·威尔逊一见到汤姆就追问“你什么时候才能把那部车子卖给我”，可见当时的二手车生意利润丰厚，但凡做成一单便能改善其生存窘境。他不知道的是，这不过是汤姆悬在他鼻尖上的诱饵，他的钓钩早已咬住了乔治那位“胖得很美”的老婆。

汤姆与威尔逊太太的私情，正是在飞驰的车轮上展开的。20 年代，随着公路网的不断扩展和延伸，城市和乡村之间，至少表层意义上的界限正在模糊。人们愈来愈习惯于以一种流动的方式生活，获得流动的快感：你可以轻易从一座城市迁徙到另一座，可以在跟一个情人缠绵之后，飞车去赶与另一个的幽会——弗洛伊德的理论深入人心，有一个以上的情人已经成了既时尚，又利于身心健康的事。菲茨杰拉德自己（在座驾这件事上，他一向是个领风气之先的人物，最著名的事迹是跟妻子泽尔达一起拆掉了雷诺车的顶篷）在随笔《爵士时代的回声》中，就将这一点列为度量“爵士时代”最重要的指标之一：“早在 1915 年，小城市里那些在社交场合上没有年长妇女陪伴的年轻人已经发现，在那种‘赠予年满十六岁的小比尔，好帮助他‘自力更生’的汽车上，藏着某种‘运动中的隐私’。起初，即便条件宜人，在车上卿卿我我也算是铤而走险，但是，没过多久，年轻人互相壮胆，昔日的清规戒律轰然倒塌。到了 1917 年，不管哪一期《耶鲁档案》或《普林斯顿老虎》上，都能找到对这类甜甜蜜蜜、兴之所至的调情有所指涉的内容。”

因此，除了西卵盖茨比和东卵布坎南的两处豪宅，菲茨杰拉德选择将各种各样的汽车作为故事发生最重要的场景，让小规模“隐私”在运动中彼此碰撞，终于酿成大规模悲剧。几个主要人物——盖茨比、黛西、汤姆和乔丹，都是喜欢横冲直撞的司机，作者对此不厌其烦地一一设下伏笔。哪怕是那些看起来与主线无关的角落，都会埋伏着一起起“警示性”车祸，仿佛代替了古典文学作品中“黑猫”的角色，让读者陡然心惊。盖茨比晚宴上有人稀里糊涂地飞走了车轮，更具有象征意味的段落出现在盖茨比用他那辆“瑰丽的奶油色”汽车（镀镍的地方闪光耀眼，车身长得出奇，四处鼓出帽子盒、大饭盒和工具盒，琳琅满目，还有层层叠叠的挡风玻璃反映出十来个太阳的光辉）载着尼克开往纽约的路上。盖茨比将车开得飞快，挡泥板像翅膀一样张开，他沉醉在自己的叙述中——叙述自己的传奇经历，书里的尼克和书外的读者都听得半信半疑。正在此时，“一辆装着死人的灵车从我们身旁经过，车上堆满了鲜花”。

那些光顾着在电影里观赏锦衣华服的观众，很难注意到汽车是怎样使叙述的速度一次次加快，小小的“换车”细节又是怎样四两拨千斤地导向最终那场致命的车祸；同样，他们也未必注意到（事实上这一段在新版电影里确实被省略了），作者在描述盖茨比出殡时不吝篇幅：“第一辆是灵车，又黑又湿，怪难看的……”这辆车刺眼地横在文字间，没有鲜花，什么也没有。

酒精度

整部小说里出现的驾车场面，几乎都发生在酒后。

考虑到彼时正是美国全民禁酒令的高潮，如此频繁的饮酒和酒驾场面出现在小说里，大概会在读者的耳边奏响古怪的复调音乐。玻璃杯与酒瓶碰撞的声音背后衬着禁酒运动领导人之一布赖恩在1920年的庄严宣告："酒像奴隶制一样完蛋了，再也不会有人造酒、卖酒、送酒或用任何东西在地上、地下或空中运酒了。"

事情就是这样，禁酒令实行之后不到半年，就一头撞进了死循环：人们怎么也弄不明白，为什么想要拯救人类，就得放弃喝香槟的权利。于是，州政府开始对中央阳奉阴违，秘密酒店代替了公开酒馆，人们在被禁制的快感中变本加厉地花天酒地，妇女饮酒人数大大增加，贩私酒成了最赚钱的朝阳产业——进而是敲诈、抢劫、治安紊乱、黑帮组织肆虐，好莱坞枪战片的题材越来越惊心动魄。

汤姆一直试图向黛西揭穿，盖茨比就是这种连锁朝阳产业的受益者，他的"富可敌国"，并非像汤姆那样继承"老钱"并用这些资本占领纽约这块新兴的金融高地，而是通过贩卖私酒以及相关的黑帮网络牟取暴利。在小说始终犹抱琵琶的叙述中，读者隐约地见到盖茨比背后的黑帮大佬的侧影（迈耶·沃尔夫山姆），他们的想象空间可以从私酒一直扩展到军火。

有了这样特殊的时代背景，就可以理解，为什么整部小说的人物，大部分都像是长时间浸泡在酒精里。非但那场著名的盛宴是各种醉态的即时展览馆，而且许多人物即便在大白天，对话也像是在微醺中摇摆，时而冲动，时而紊乱，时而如梦呓般言不及义，尤其是黛西。凯瑞·穆里根在2013版的电影里偷换了人物的年龄，得以演出史上最甜美最萝莉的黛西，可整套表演程式还是照搬1974版中徐娘半老的米娅·法罗：夸张，迷离，戏剧化。区别在于，米娅是刻意表现黛西的“装嫩”，而凯瑞是真嫩。

米娅的表演其实有据可循：电影工业史上，20年代初正是无声片方兴未艾、有声片初试啼声的过渡期，夸张的动作和夸张的嗓音都挤在大银幕上争夺观众。那时不知有多少个百无聊赖的黛西，在电影院里打发空虚、寻求慰藉，学会某种最天真也最世故的表演方式——于是，当她们转身走出影院时，眼神就能似醉非醉，喉咙里就能发出“黄金的声音”，身上就能多一层让人看不透的外壳。

温度

但我们在小说里看不到盖茨比一醉方休——从字面上看，他近乎滴酒不沾。

所以到了第七章，一干人在汤姆家里推杯换盏、短兵相接，“声音在热浪中挣扎”时，黛西会突然转过来对着盖茨比喊道：You look so cool. 即便不去考虑 cool 这个词在 20 年代未必有如今的时髦含义，单单根据“燥热”的语境，也能感觉出此处的词义突出的确实是“温度”的反差。“你看上去真凉快。”巫宁坤译得相当干脆。

“你看上去总是那么凉快。”黛西又重复了一遍。我们喜欢用“梦想家气质”“孩子气”之类的词儿来形容盖茨比，但它们其实远不如“凉快”更具直感。有了这个词，盖茨比就从混沌燠热的背景板上凸显出来。他爱穿一身白，为黛西布置一屋子白玫瑰，清凉的颜色；他说话落伍悖时，口头禅“老兄”（old sport）是个相当突兀的冷笑话。这个从头至尾未曾剖白心迹、始终处于不透明状态的“扁平人物”，固然可以归入文学史上一系列与周遭环境格格不入的形象（out of place），但有趣的是，盖茨比本人似乎对自己的另类浑然不知。某种程度上，他的存在，是无意识地用“温度差”来反诘环境：有时候他的“凉”衬出周围的狂躁，有时候他又不合时宜地温热起来，让身边的寒意愈显彻骨。时而众人皆醉他独醒，时而众人皆醒他独醉——沉醉于对岸的那盏绿灯。

“我的第三部小说与我之前的作品截然不同，”菲茨杰拉德告诉他的编辑珀金斯，“在形式上这是一番新尝试，我要竭力避免那种试图‘惟妙惟肖再现一切’的做法。”

《了不起的盖茨比》采用第一人称受限视角被后来的文学评论家视为其具备先锋性（即艾略特所谓的“自亨利·詹姆斯之后美国小说走出的第一步”）的关键。作为20世纪初的作家，抵挡“惟妙惟肖再现一切”的现实主义文学黄金法则，并不是一件容易的事。每个读者对于盖茨比的真实身份、经历乃至其心理轨迹都有自己的想象，菲茨杰拉德当然更有。他要努力的方向，不是尽力呈现，而是选择如何遮蔽，精密计算留出多窄的视角供读者窥视。在与珀金斯的来往书信中，他们讨论最多的，就是如何拿捏这把“量角器”。

“（目前的草稿）缺的不是解释，而是对真相大白的暗示，”珀金斯在回信中提出，“盖茨比究竟是干什么的，这点永远不该说得太明，哪怕可以说明。但如果在他的生意上勾出淡淡的轮廓，那就会给这部分故事提供发展的可能。”菲茨杰拉德接受了这建议。最后的成品，该遮的部分遮得更严，该露出的轮廓则分多次一点点展示出来，每一次添上的线条都是对前一次的颠覆或更新。遮蔽并非毫无代价。比方说，菲茨杰拉德一直认为，小说出版后销售成绩不如预期，是因为他没有遵循罗曼司的模式，渲染盖茨比与黛西重逢之后他们之间究竟发生了什么。读者期待看到互诉衷肠、深情回忆、良宵苦短，结果却连一个吻都没有等到。

我们到最后也没有真正看清盖茨比，让我们产生代入感的人是尼克。他的视角左右了我们的视角，当他引导我们注意广告牌上 T.J. 埃克尔堡大夫的眼睛时，我们的视线就被悄悄拉高，从那里往下看。（按照珀金斯的说法："因了不经意间你向天，向海，向这个城市投去的一瞥，你已传递了某种永恒之感。"）某种程度上，这本书也是一部标准的以尼克为主角的成长小说。尼克从中西部来到纽约，亲历"盖茨比事变"——如同拉斯蒂涅由外省来到巴黎，介入了"高老头"的家务——进而受到巨大冲击，就此看透世情，仿佛履行了成人礼。不同的是，经此一劫，拉斯蒂涅决定留下来与巴黎继续肉搏，而尼克却心灰意冷地回到了中西部。

从成长小说的角度看，菲茨杰拉德把所有矛盾集中爆发的时间安排在尼克的三十岁生日那天，绝非信手拈来。一行人醉醺醺地上车，准备由纽约驶回长岛，此时尼克方才想起这是他的生日。于是才有了后面那一段尼克的独白，才有了更后面那句异常冷峻的双关：

“于是我们在稍微凉快一点的暮色中向死亡驶去。”

往近处看，接下来便是惨烈的车祸；往远处看，在这种情境下陡然面对“三十而立”，无论是肉体还是精神，都离“死亡”又近了一大步。

密度

如果不是泽尔达与珀金斯的坚持，这部小说很有可能不叫“了不起的盖茨比”。直到付梓前，作者仍然企图把它改成“西卵的特里马尔乔”。特里马尔乔是传奇小说《萨蒂里孔》中的人物，以热爱大宴宾客著称。菲茨杰拉德对生僻典故的爱好有时候到了偏执的地步，他喜欢在人名地名里加入别人很难发现的符号，比如汤姆宅邸的最初所有者名叫 Demaine，在法语里与“明天”一词（demain）的拼法相近，评论家认为此中大有深意：绕了一大圈，拨开美国西部拓荒梦的迷雾，当财富快速向东部金融特大城市聚拢时，汤姆这样既老且新的特权阶层才真正掌握了未来的命脉。

此外，评论家在整个小说的框架里看到艾略特的《荒原》，将它的精神源头追溯到斯宾格勒的《西方的衰落》，在“西卵、东卵、灰堆”等这些作者虚构的实体中看到了纽约城市化的完整轨迹，在零星提到有色人种的段落（尤其是汤姆津津乐道的那本《有色帝国的兴起》）中嗅到后来指向第二次世界大战的最初的硝烟，在倒霉的乔治·威尔逊身上依稀看到美国第二十八届总统伍德罗·威尔逊的影子——他们同样被理想的幻灭搞得身心憔悴。总而言之，作为小说，《了不起的盖茨比》的“了不起”是在区区五万字的篇幅里浓缩惊人的密度，故事里遍地符号而彼此交织无痕，对话的情感饱和度堪比舞台剧，视角转换却高度影像化，而究其文本实质，则每一句都是手法最老练、铺陈最挥霍的叙事诗……世人往往喜欢把菲茨杰拉德的风格与同时代的海明威放在一起比较，甚至把前者叮当作响的华美长句看作后者“冰山理论”的对立面。实际上，我倒常常有一个偏见：单单《了不起的盖茨比》这一部的密度就足以证明菲茨杰拉德同样善于打造“冰山”，而且这座冰山的形态与架构，足以让海明威的那些“冰山”显得过于稀松。

所以，当中国读者发觉这部小说的译本不太好读时，实在用不着诧异。要知道，《了不起的盖茨比》的原文在英语读者眼里也不是块好啃的骨头。如果译文通篇顺溜，不对你构成某些障碍——而你一旦越过这些障碍，便会对新鲜的意象过目难忘——那多半是歪曲或者缩减了那些艰深曲折、信息量巨大的长句。用菲茨杰拉德自己的说法，写《了不起的盖茨比》的过程，“举步为缓，审慎而行，甚至每每陷于苦恼，因为这是一部有自觉美学追求的作品”。

我一直认为，真正的所谓城市小说，其最重要的指标是与城市极度丰富的生存状态大抵相称的密度，而真正的密度必须有其字面背后的景深和“自觉美学追求”作为支撑。如果没有这个条件，那么像《小时代》这样一页里亮出十几个名牌，恨不得连标价也一并写上的，岂不是密度最大？

态度

自从2013版电影带动新一轮的“盖茨比热”之后，还真有不少人把《了不起的盖茨比》和《小时代》放在一起比较。有人说，两者的差异之一在于，“菲茨杰拉德有贵族范儿，吃完肉以后叠好餐巾，矜持地说声just so so。郭敬明吃完肉以后，吧唧着嘴，满脸惊喜地告诉大家：靠，真TMD香啊！”

我大抵明白这句俏皮话的用意，但这样表扬菲茨杰拉德，力气用的不是地方。作为“爵士时代”的第一代言人，菲氏对于财富的态度远比这种得了便宜又卖乖的“贵族范儿”复杂得多。对此，与他同时代的马尔科姆·考利描摹得异常准确：他的一半，沉迷于豪宅中的派对不醉不归；他的另一半，冷冷地站在窗外，派对背后所有的幻灭与失落，他都算得仔仔细细。

就好像，在《了不起的盖茨比》快要写成时，菲茨杰拉德一边修改样稿，一边同时跟几家杂志洽谈连载事宜——很少有作家像他那样善于将利益最大化。菲茨杰拉德的心理价位在一万五到两万美元，这是当时海明威之类的作家想也不敢想的天文数字。然而，最后他还是拒绝了杂志的邀约，因为他知道手中即将诞生的是一部杰作，他担心连载在轻浮的杂志上会让小说跌价：“大部分人看到《学院幽默》登出的广告，还以为盖茨比准是个厉害的橄榄球前卫呢。”

几经沉浮，这部小说终于在将近一个世纪之后，被人们牢牢钉在“有史以来最伟大的小说之一”的位置上。菲茨杰拉德的最动人之处，并非漠然置身“世”外，而是像德勒兹说的那样：在最风光的时候，他就有能力感到幸福的核心里已产生巨缝，听到了深处的嘎嘎的开裂声。

第十四个故事

那篇小说叫《蓝色的蛋》，来自康涅狄格州大学英语专业的一位二十五岁的女学生。稿子转到《纽约客》编辑罗杰·安吉尔（Roger Angell）手里，他很快回信，鼓励的话说得热情洋溢，特别提到了她的“机智与迅捷”，但是笔锋一转，就开出了《纽约客》风格的诊断书：形式大于内容，此稿拟不采用，但建议继续尝试，并且把稿子直接寄给他。现在我们知道，这事给写进了文学史，女学生名叫安·比蒂（Ann Beattie），事情发生在 1972 年的秋天。

我没有看过《蓝色的蛋》，无从揣度“机智、迅捷但形式大于内容”的比蒂是什么样子。或许，以比蒂的才情，沿着最初的路径走下去会成为另一种风格的代表。但比蒂选择接受安吉尔的塑造，在此后的二十二个月里投稿十三次，都没有成功。那些退稿信清晰地勾勒出《纽约客》的小说栏目需要什么，排斥什么。安吉尔要比蒂少依赖她学到的那些时髦的文学技巧，不要在作品中纳入“显而易见的绝望，居高临下的冷漠，潜伏的暴力”，因为“这些已经被人写过一千次了，已经让人不可能相信或者关心了”。安吉尔希望她能在小说中那些漫无目标的年轻人身上投入更直接的情感，并且尝试一种安静而低调的写法，出于自己的观察，表达自己的情绪。这层意思在几封退稿信中都有不同程度的表达，有时候说得更委婉些：“我的印象是你不相信用自己的观察或你自己的写作方式也能推动故事发展。如果你不用技巧，会发生什么样的情况呢？”有时候说得更具体些：“我宁可看到更少依赖表达效果的作品，而不是那么明显地导向某种单一的终极情感。我相信这完全是一个自信心的问题。你写得够好了，所以，如果把你的努力稍微降低一点热度，你的小说反而会更清晰，更具有真实感人的力量。”

到 1973 年的第十三封退稿信（《停车场》），连安吉尔本人似乎也有些气馁。编辑部里的分歧和争议，隐约闪现在字里行间："我觉得这是迄今你最好的短篇……有些人觉得这故事专横而恼人，因为它写得太平了，太有距离感了……我不知道说什么，我觉得你写得克制而个人化，这恰恰是你希望达到的效果……如果你继续这个路数，我觉得你投中的可能性不大。"

比蒂的情商实在要比她笔下的大部分人物都要高，她的回信诚恳而务实。她说《纽约客》每次反馈都很及时（其他杂志曾让她等了三四个月才退稿），安吉尔的鼓励让她如遇知音，所以她还要继续写，随信附上最新小说《柏拉图之恋》，这回她努力按照编辑的建议写了一个简单的故事，"没有时空转换，人物都有名字，背景好懂，怀着希望，而非全然沮丧"。11 月，这个简单的故事终于被编辑部认定为"好故事"，安吉尔激动地送来一堆形容词："新颖，有力，真实……最让我欢喜的是，这故事疏朗单纯。除了最重要的东西，其他都给清除干净，就像贾科梅蒂塑造的世界。"

贾科梅蒂是 20 世纪视觉大师，一般人们想起他，眼前就会浮现出线条极简、茕茕孑立的人形雕塑。安吉尔在《柏拉图之恋》里看到贾科梅蒂的影子，并不是随口说说的。这个短篇里的女主人公埃伦，确实孤独得像一片单薄的、随时可以飘起来的落叶。她努力工作，就是为了能与律师丈夫离婚。

“还有一种更好的人生。”她告诉他，而他不屑地反问：“(更好的人生)就是在高中教书?”埃伦还是走出了这一步，但她发现自己“有点害怕夜里独自一人”。顺理成章地，她接纳了朋友的弟弟萨姆同住(他与姐夫发生了一点摩擦)，帮她分担一点房租。所以故事才开个头，我们就像安吉尔一样，看懂这段“疏朗单纯”的“柏拉图之恋”就发生在这一对男女之间。他们都是某种程度上与家庭决裂的人，在旁人眼里，他们都有一点古怪。

标题已经限定了这段关系是不会越出雷池一步的，但小说从埃伦的视角看出去，风吹草动都布满涟漪。萨姆在成长，他说要到西海岸去，说一定得买辆摩托车开过去，因为“这样一路往西，可以感觉到车的把手渐渐变暖”。她不作声，去厨房拿糕点，“走回客厅时把恒温器调高了两度”。很多个这样的细节静静地藏在家长里短中，简直有羞涩的表情，好像生怕你发现它们。

在此后的创作生涯中，无论处理什么样的题材，比蒂始终保持着同样安静的基调。她不是那种不入世的作家，笔下不时出现几个接受了过度教育的男女，在他们不尽人意的工作、暧昧难解的男女关系和一大团大麻烟雾中徘徊，到结尾也走不出困局。两个短篇发表之后，比蒂平淡文字中隐藏的先锋性就被先锋了一辈子的唐纳德·巴塞尔姆注意到，后者打电话给她，劈头就问："你是谁?"后来拿过很多文学奖的安·泰勒也成了她的粉丝，更多人开始模仿她，写吸着大麻过群居生活的青年，把稿子投给《纽约客》。但他们几乎都收到了退稿信，因为编辑部认为，以《纽约客》的一贯风格考量，此类形象由比蒂一个人描写就足够了。换句话说，只有经过比蒂拿捏分寸，这类人物才能和谐地融入《纽约客》谨慎持重的氛围。

正因为如此，有时候，比蒂文本中若隐若现的新事物、新名词会让时任《纽约客》主编的威廉·肖恩摸不着头脑——尽管他一直很欣赏比蒂的才华。有一回，肖恩在《佛蒙特》中看到比蒂写壁炉上有一个roach，他就在校样上提问："怎么过了五页之后这虫子还在?"安吉尔用铅笔回了一行批注："roach：大麻烟头。"可想而知，在观念正统的肖恩的词库里，roach的唯一释义是蟑螂。

《纽约客》和比蒂之间的化学作用至少延续了70年代的大半时光。在风格上，他们互相成全，最终都让对方成了自己的标签。粗线条的文学史喜欢把比蒂与雷蒙德·卡佛合并同类项，笼统归入"极简派"，但如果细读文本，他们之间的差异也许要比想象中大得多。据统计，比蒂用现在时态写的小说大约占其全部作品的一半。有评论家认为这样写能有效地暗示，小说中的这些事件都构成某种指向未来的预兆，但同时也为故事卸下了负担，因为现在时态只需要为当下负责，不必准确地说出它们究竟预示着什么。而卡佛则显然更喜欢用过去时，描写的对象有更多的蓝领，更喜欢渲染潜在的威胁，也更多地流露出某种男性化的、被村上春树称为“丧失感”的情绪。相比之下，比蒂的小说会用更多的笔墨铺陈相对复杂的人际关系，起初一片混沌，随着故事缓慢进展，人物之间的微妙关系甚至多年隐痛，才会被一点点地揭示出来。有意思的是，卡佛的作品也曾屡次遭到《纽约客》拒绝，直到 1981 年才刊出了第一篇。总体上看，卡佛始终只能算《纽约客》的外围作家，与比蒂的核心地位正好形成对比。造成这种局面的原因，或许是因为卡佛与《纽约客》“中产图腾”的气质差了一步之遥，又或许仅仅是因为他不像比蒂那样有耐心经受这本杂志的塑造。但也正因为如此，我们这些读者，才幸运地收获了一个卡佛和一个比蒂，而不是两个卡佛或者两个比蒂。

话说回来，卡佛在 80 年代初终于能在《纽约客》上发表作品，也跟其小说编辑部在 1976 年的人员大换血有关。这一年之后，《纽约客》的小说开始了渐进式的革新，适量淡化本地风格，编辑部开始吸纳更多其他趣味的作者，那些曾经一直被《纽约客》关在门外的大作家陆续接到了约稿信。除卡佛之外，以前曾被退过稿的威廉·特雷弗、菲利普·罗斯、马拉默德等都在这个阶段加入了《纽约客》的作家阵容，编辑部还在一堆默默无闻的名字中发现了一块闪着微光的璞玉——爱丽丝·门罗。

这其实也是历史的必然选择。七八十年代是美国短篇小说的“文艺复兴期”，居于中心地位的《纽约客》小说栏目责无旁贷。与这种国际化进程同时发生的，是那些原本打着强烈的《纽约客》烙印的作家群，优势不再像以前那样明显，这其中当然也包括安·比蒂。久违的退稿信又开始出现，虽然只是偶尔发生。好在没有什么能真正影响到比蒂和《纽约客》的默契，她笔下的故事仍然保持着稳定的节奏和稳定的质量。这差不多也是一位作家和一本杂志之间能达到的最完美的关系，他们把各自最纯粹的那段时光，留在了对方的记忆里。

我和你

一

我是帕特。你是玛丽。

“那是1948年底，那时我在纽约，刚完成《列车上的陌生人》。”帕特里夏·海史密斯下笔，无论小说还是散文，总是习惯将时间地点人物交代得格外清晰：“那年圣诞前夕我很沮丧，也很缺钱，于是到曼哈顿一家大百货公司当售货小姐。

“有天早上，伴随着噪音与交易的混响，走进来一个身穿皮草大衣的金发女人。她走到玩具娃娃柜台，脸上带着不确定的表情（她该是买娃娃还是别的东西？），心不在焉地把一副手套往手上一拍。或许，我之所以注意到她，是因为她独自一人前来，也可能是因为貂皮大衣很稀少，也可能是因为她一头金发散发出光芒。我拿给她看了两三个娃娃，她若有所思地买下一个。我把她的名字和地址写在收据上。整个交易没什么特别，那个女人付完账之后就离开了。但我脑中出现了奇怪、晕眩的感觉，几乎要晕厥，同时精神又格外振奋，仿佛看到某种异象。

"那天一如往常，我下班后回到家，我一个人住。当晚我构思出一个点子、一个情节、一个故事，全都和那个穿皮草大衣的优雅金发女子有关，我在我那个日记本或者活页簿上写下八页文字，这便是小说《卡萝》的源起，后来标题改成'盐的代价'。这个故事好像凭空从我笔下流泻而出：开头，中间，结尾。我大概只花了两小时，或许更短。隔天早上的感觉更加奇怪，而且我发烧了……但从另一个角度看，这次遭遇也成了一本书的种子：发烧会刺激想象力。"

最后这句很难不让人联想到法国导演特吕弗，他宣称自己的电影追求的目标是：让观众觉得这片子是这伙人在体温达到华氏 112 度（相当于摄氏 44 度多）时拍下的。

历经几家出版商的婉拒之后，发表于 1952 年的《盐的代价》被定义成女同性恋文学的早期代表作，而上述这段交代写作源起的短文直到1989年才完成，海史密斯没忘记在短文收尾处，轻松地揶揄："贴标签是美国出版商爱干的事儿。"那些往她的《列车上的陌生人》或者《天才雷普利》上面贴"悬疑"或者"推理"的标签的出版商，也同样被她嗤之以鼻。"那只是单纯的，一部，小说。"她说。不过，有时候比美国出版商更教人哭笑不得的是美国评论家。比如，斯坦福大学某文学教授一口咬定纳博科夫在写《洛丽塔》之前一定深受《盐的代价》的影响，因为后者的两位忘年恋女主角"为了追求自由、忠于爱情，展开一场横跨全国的飞车之旅，类似的情形也出现在《洛丽塔》中，亨伯特和洛丽塔也有相似的年龄差距，也有突破禁忌的性爱，也在书中携手亡命天涯……"沿着这样轻佻的逻辑，恐怕电影学院的教授们也能毫不费力地论证出，几乎所有20世纪后半叶的美国公路片——尤其是《末路狂花》——都是《盐的代价》的衍生产品。

在那篇短文中，海史密斯故意不说清楚，那位光顾她玩具柜台的女神究竟是谁，后来发生了什么事。为她写传的琼·申卡做足功课，也不过提供了寥寥几条补充信息：当时，帕特（帕特里夏的昵称）之所以缺钱缺到非得去百货公司打工的地步，是因为她一直为自己暧昧的性取向苦恼，需要定期支付昂贵的心理咨询费；那女人是凯瑟琳·魏金斯·西恩太太，住在新泽西州，帕特曾把自己在百货店里的工号留给她，但没有任何迹象表明西恩太太后来使用过这个号码。有人说帕特曾两次跟踪过西恩太太，但这就像她日后与哲学家汉娜·阿伦特之间的所谓“情事”一样，终究只是未经证实的传闻而已。也就是说，尽管作者流露出刻意隐藏自传倾向的痕迹（比如反复修改书名，出版时以笔名示人，扉页题献的是三个子虚乌有的人名），但这部在女性文学史上赫赫有名的《盐的代价》，很可能只是一部类似于《格林童话》的幻想曲。正如帕特自己所言，西恩太太的惊鸿一瞥，既在她的性向问题上推波助澜，又在她未来的小说道路上扔下一颗种子。以帕特那样时时处于“发烧”状态的虚构能力，只需一颗种子，她就足以开垦出一大片田来——田里长满罂粟，艳丽而有毒。在她的想象中，半老徐娘卡萝非但与年轻女子特瑞斯约会，而且扔下自己的女儿，领着后者走遍美国，收获一个此类小说（想想《断背山》吧）从未收获过的美满结局。

扔下自己的女儿，这个细节让所有熟知帕特生平的文本分析家浮想联翩。他们几乎能想见海史密斯构筑这样的细节时嘴角浮起的冷笑。记忆像探针，每每尚未戳及痛处，帕特就预备好要像她养的那只名叫“蜘蛛”的猫一样惨叫起来。

童年的混沌岁月，是心理学寻根溯源的沃土，亦是文学想象萌芽的温床，帕特总能在那里找到说服自己的理由：归根结底，我为什么会成为现在的我?

“那是因为你，”帕特总是这样告诉自己，“因为你，我的母亲。”

玛丽·海史密斯，美国得克萨斯州沃斯堡市的一名时尚插画师，瘦削，极聪明，不算美，懂打扮，爱交际，用烟嘴抽烟，据说面相“比菲茨杰拉德夫人泽尔达更像狐狸”。在任何派对中，她都不曾失去过那种叫人过目不忘的天分。帕特的诞生纯属意外，因为同为商业艺术家的父母当时并不愿意让孩子打乱事业的节奏，加剧本来已经开始激化的家庭矛盾。为此，玛丽甚至屡次拿松节油充当堕胎药。不幸的是，堕胎未果，父母甚至赶在帕特出生前九天就办妥了离婚手续（1921）；更不幸的是，帕特从小就知道自己是个不受欢迎的孩子，童年有一半时间在外祖父家寄人篱下，另一半时间跟着玛丽“嫁”给了另一位商业艺术家斯坦利·海史密斯。多年以后，帕特最尴尬的一件事，就是听玛丽讲那个冷笑话：“真滑稽，如今你长大了，怎么居然还会喜欢闻松节油的味道?”

这故事其实了无新意。尤其，对于像帕特那样从小就把自己封闭在书桌前、九岁就熟读陀思妥耶夫斯基和卡尔·门林格尔的《人类心灵》（一部研究人类病态行为的科普论文集）、十三岁就在卧室里挂上两把交叉的军刀的女孩子来说，这样的童年际遇几乎必然通往一种俗套的规定情境——代入其中的，则必然是一个外壳坚硬内心脆弱的少女。

继父待帕特并不比别的继父更差，正如表面看来，帕特的童年——就物质条件而言——也不比别人的童年更糟糕，她甚至有条件到纽约的贵族女子学校——巴纳德学院上学，这其实是略微超出她生母与继父的实际经济状况的。掏空玛丽钱袋的是她的信念：帕特是天才，她一定会让我骄傲。可她不知道，她的天才女儿每晚都在做同样的梦——一群医生和护士瞪大眼睛盯着她看，眼里全是惊奇和恐惧；她的无处宣泄的恨意全莫名地集中在继父身上，她想杀了他！好吧，精神分析学者会告诉你一堆绕口令：她想杀了他，因为他是入侵者，因为她以为他赶走了生父，霸占了母亲本应给予她的关注。

翻阅这些材料时，我总有一种生怕被海史密斯强大的虚构能力绕进去的恐惧。正如她的同居女友们，总是会暗自嘀咕，她和她母亲那种爱恨交缠、搬到任何舞台上都显得过分激烈的关系，究竟有多少出自帕特的臆想。究竟为什么，母女俩的通信里总是充斥着时而热烈时而暴烈的句子；为什么，帕特十九岁那年郑重其事地写下“我与母亲成婚，从此不嫁别人”，却又那么喜欢向朋友描述玛丽如何干涉她的写作、如何举起一把衣架威胁她，而这些细节又统统死无对证；究竟是为什么，帕特大半辈子在欧洲游荡，原因之一居然是想避开跟母亲过多地接触。甚至，有一回，她的朋友亲眼见到帕特一听说玛丽突然千里“奔袭”、要带个“惊喜”来给她时，竟会恐惧得昏死过去。

还有一次，玛丽和帕特住在一起，帕特在楼上写作，两位法国记者闯进门来。按后来帕特的说法，玛丽至少用了五分钟时间试图说服客人，她就是帕特本人。他们为了取悦她，甚至给她拍照。“如果我重提旧事，”帕特控诉道，“我的母亲就会先抵赖，然后……然后她会说她是在开玩笑……我想只有心理医生能解释这事还有另一种含义。”

另一种含义？指身份迷惑，还是情感错位？无论如何，根据这些材料的表象，我们推论《盐的代价》里的卡萝或多或少承载着玛丽的投影，不能算离谱的猜想。否则，怎么解释那相似的年龄差距，相似的交织着截然相反感情（既崇拜又抗拒，既百般依恋又极度憎厌）的关系？特瑞斯和卡萝一路争吵，她们的互相敌视似乎比缠绵的机会更多，而且这种敌视神奇地杂糅着恋人龃龉与长幼分歧。冗长的吵架间歇，短暂的甜蜜时分，当特瑞斯与卡萝“目光交会”时，她们是在充当帕特和玛丽之间的灵媒吗？

二

我是玛丽。你是帕特。

美国西蒙舒斯特出版社的大牌编辑拉里·阿什米德永远不会忘记，他在60年代末电话约见帕特时，对方劈头便是一句：“记住，别指望会有什么罗曼司。”

“当然不会，”阿什米德镇定地回答，“我们只是头一次见面。”

会面现场并不尴尬，她健谈与善饮的程度成正比。她用那种毫无挑逗感的语调讲她的法国走私经历：由于法国人嗜吃蜗牛，所以据说有条规定是不准携带活蜗牛入境（很难理解其中的古怪逻辑），但帕特却总是会偷偷带着她的宠物蜗牛顺利过关，因为她把它藏在胸罩底下……听到这里，阿什米德几次想放下刀叉，就着她的胸罩和乳房说两句俏皮话，转念一想，“那显然太有‘罗曼司’之嫌了”，于是只好作罢。

那个年纪，正映照着帕特前半生美貌的最后一抹霞光（四十岁之后，常年酗酒导致的种种疾病几乎将她完全变成了另一个人）——那时的她，对桌子对面的男士而言，确实构成某种“只可远观”的折磨。在此之前，那些留在帕特私人相簿上的身影——“像中国女孩”的帕特，穿骑装的帕特，垂下一绺头发的帕特，半裸着身体的帕特，优雅地抱着猫回眸的帕特——都记录着德国摄影师罗尔夫·蒂特根斯受过的折磨。他想娶她，她那时也努力顺应着母亲的期许，“学会爱男人”。他们一度成为关系最稳定的异性朋友，罗尔夫亲眼见证了帕特在“正常人”与“那种人”之间徘徊不定的最迷惘的时光，直到某天，帕特终于在床上痛定思痛——“男人不会让我有快感。”根据帕特自己在日记上的含糊指涉，她与生父的第一次重逢可能是将她的“厌男症”推至绝境的契机：当时他也许拿出了一堆淫秽照片，欲加轻薄……当然，像所有有关她的狗血家庭剧一样，这本身也是个俗套的桥段，来自帕特的单方面说法。

禁忌一旦彻底撕裂，此后的报复性反弹便可想而知。帕特一个接一个（或者同时维持几个）地换女朋友，她需要用狂放不羁的做派来掩饰心里始终残存的愧疚与不安。有趣的是，当年“纯属虚构”的《盐的代价》的情节模式被她执著地照搬到生活中：四十岁前，她通常是特瑞斯（帕特），对方是卡萝（玛丽）；四十岁后，她似乎悄悄挪到了卡萝（玛丽）的位置，老练地勾引青涩的“特瑞斯”，就好像，征服当年的自己。

如是，到了六七十年代，海史密斯首先是拉拉文艺圈里的女王，其次才是作家，《天才雷普利》的作者。什么是女王？就是哪怕红颜已老、沟壑纵横的面庞上完全寻不到当年美貌的痕迹，五十五岁的海史密斯小姐仍然可以端坐在她的寓所里，不紧不慢地对着来朝拜她的文艺女青年挑三拣四。法国小说家兼翻译家玛丽昂·阿布达朗初出道时，就在觐见女王时深受打击。“走吧，”女王说，“你不是我要的型。”

玛丽昂得承认这话虽然伤人，但很诚实。女王此时的裙下之臣大多是那种比玛丽昂更年轻（对海史密斯而言，当时刚满四十岁的玛丽昂已经太“老”了）、更苗条、更有女人味的“型”。在这一点上，海史密斯的口味与那位将她的第一部小说《列车上的陌生人》改编成电影的大胖子希区柯克惊人的一致：美丽、娇弱、教养良好而稍微有点神经质的金发女郎，永远是第一选择。那次会面，甚至玛丽昂带去的女伴从女王那里收获的目光都要比玛丽昂本人更多些。“我估计，”玛丽昂事后说，“当时她是宁愿要她的。”

帕特从未爱上玛丽昂，而玛丽昂尽管心平气和地接受了这个事实，却还是按着自己的节奏追随她。据说，在海史密斯的个人资料中，玛丽昂写给她的情书是最风趣最讨人欢心的。渐渐地，女王开始向玛丽昂唠叨她的心事，甚至在玛丽昂着手将一本英语女同性恋小说（彼时类型小说细分的程度已非《盐的代价》问世的时代可比）翻译成法语时给予指导性意见。事情照例如此：海史密斯以为对方在依赖自己时，她本人依赖对方的程度也达到了峰值——而玛丽昂最明智的地方在于，她知道这一点，却从不说破。

有一次，女王卧病在床，玛丽昂试着引诱她喝下一碗汤，用那种大人哄骗倔强的孩子的方式。“喝一勺吧，这一勺为了爱伦·坡。”她知道，坡是海史密斯的文学偶像，而且《天才雷普利》获得的第一个文学大奖就是“爱伦·坡奖”。这一勺顺利地沿着食管滑落。

第二勺为了莎士比亚。

“第三勺，呃，阿加莎·克里斯蒂？”帕特没再往下咽，她抬起因为长期酗酒抽烟而显得格外浑浊的眼睛。

“不，”她说，“不要阿加莎·克里斯蒂。她的书比我卖得多。”

尽管这话很符合海史密斯的一贯毒舌风格，却未必像它的字面意思那样直白。海史密斯对克里斯蒂的那种直觉性的排斥，恐怕更多的不是出于羡慕嫉妒恨，而是风格上的南辕北辙。一样是杀人如麻的虚构世界，克里斯蒂走的是传统的侦探主导路线，悬念系于“凶手是谁”，诱人的是在以正压邪的过程中展现的逻辑之美——但“正必压邪”的结局本身并无悬念，这个预设的前提里裹挟着推理小说的铁杆粉丝们不可或缺的安全感。到了海史密斯笔下，“凶手是谁”的答案一早就扔给你，你明知人是雷普利杀的，还是不由自主地跟着他的视角一路担惊受怕，承受某种无法言说的困扰。到后来你发现，案子居然是可以破不了的，正义居然是会被邪恶欢乐地吞噬的，坏人居然是会逍遥法外的。更为惊悚的是，你甚至开始同情他，你的三观在这个邪恶的、分裂的天才面前渐渐无法统一在同一个平面上。按纽约书评人角谷美智子的说法，这叫“诱使读者暗暗和主人公背德的观点合流”。

三

我是帕特。你是汤姆。

40 年代，女作家（她更著名的身份是亨利·米勒的情人）阿娜伊斯·宁将所有创作热情都倾注在炮制她那些以色情著称、实际上却并不色情的日记上（仿佛是为了给未来的导演提供足够拍《情迷六月花》的题材），以至于完全没有时间应付某参议员要求定制的、两美元一页的色情小说。宁小姐挥挥衣袖，就把任务转包给别的作家，支付一美元一页——这已经是可以让写字界捉刀人趋之若鹜的稿费标准了。而当时刚刚毕业的帕特里夏·海史密斯，却能在福西特出版社接到每页四至八美元的差事，前提是她得暂时压制住写小说的冲动，专心替漫画写故事。

在海史密斯的研究者看来，就其整个创作生涯而言，这一步走得并非可有可无，至少不仅仅具有经济意义。在维基百科上翻翻心理学术语 alter ego（没有约定俗成的译法，可以看成“他我”或“另一个自我”），就有一大段是拿美国漫画举例的。白天戴眼镜穿正装的克拉克·肯特和夜晚披上斗篷满城乱飞拯救世界的超人，构成了最出名也最典型的 alter ego。这样的虚构模式在利润远远高于小说界的漫画产业，如同病毒般被大量复制，帕特就是效率很高的复制者之一。《黑色恐怖》，《美国战士》，《摧毁者》，这些“作品”从标题到内容都与帕特的智商不甚匹配，但你确实很难说，通过这样高强度的复制，它们没有将具象的“分身”，顺便植入帕特的头脑中——尤其是，她本来就觉得，自己同时是另一个人。

“当我正式开始写小说时，”帕特后来这样回忆，“我曾下定决心，不能让这些连环漫画影响我的写作。我相信它们确实没有‘影响’。正相反，从这些愚蠢但是紧凑的情节设置上，我倒是可能受益良多。”

这也就可以理解，帕特的第一部小说，为什么一开头就会出现两个男人在火车上相约交换身份，好完成对方谋杀诉求的情节。到了 1955 年发表的《天才雷普利》，“身份错位”索性发展成了统摄全局的写作动机。那时的帕特，每天都被各种各样的“念头”（idea）折磨，她说那感觉“就好像耗子动不动会有性高潮一样”。在所有这些念头里，有一个是最能激发她想象力的——非但激发，而且让她本来就过剩的想象力躁动、游荡，进而不得不用来创造：她觉得，人行道上，每一个从身边经过的人都有可能是个施虐狂，一个有强迫症的小偷，甚至是一个杀人犯。

于是，在意大利阿马尔菲度假时，她站在饭店阳台上偶然看到一个在海滩上散步的男子，突然就像遭了电击。这种说法与《盐的代价》的源起是那么雷同，以至于你反而很难质疑它的真实性——如果海史密斯是在编造的话，一个像她这样的作家难道没有能力虚构另一种“灵光乍现”的模式吗？总而言之，她替那个素不相识的男子取名叫汤姆·雷普利（名字是托马斯的昵称，姓氏则取自街边的服装店招牌），她为他设计的人生道路一半袒露在世人艳羡的目光中，一半龟缩在阴暗的角落里。

某种程度上，她确实是在用漫画的方式打量周遭的世界，试图从每个人的躯壳中析出另一种人生。如果没有足够的事实根据（那几乎是一定的），她就调动想象中的细节来填补："我写小说，开头总是慢热，甚至平静如水，使读者渐渐地适应那个既是'英雄'又是'主角'（在英文中这两者都是 hero）的罪犯，以及他周围的人。"这导致的必然结果是，你一边读一边会暗暗丈量自己与那个罪犯的距离，然后发现那个数字越来越小。

那么，作家与人物之间的距离呢？帕特的法文译本编辑阿兰常常略感困扰，因为帕特有时候谈论起雷普利来，就好像世界上真有这么一个人，就在她身边，甚至，就是她本人。索隐派不用费多大劲就能发现，海史密斯在"雷普利系列"里，有几次——虽然仅有几次——提到他签的全名应该是托马斯·P. 雷普利，中间的这个 P 既可以代表"帕特"也可以指涉她生父的姓氏普朗曼（Plangman）。专家们据此断定，比起那些曾经题献给母亲、女朋友和宠物猫的小说来，唯独没有题献页的《天才雷普利》是作者留下来偷偷献给自己的。

更有意思的是，在这个系列的第四本《跟踪雷普利》中，为了救一个追随他、依恋他的孩子（显然跟雷普利也构成了互为“他我”的关系），雷普利乔装成一个女人，柔声说：“别叫我汤姆……”

别叫我汤姆……也许，在转瞬即逝的情难自已中，写书的女作家想说：“请叫我帕特”？

四

我是汤姆。你是迪基。是乔纳森。是德瓦特。

恰恰首先是阿兰·德龙那张脸，将1960年的法国版雷普利（片名直译过来是“太阳背面”，内地曾上映过上译厂的配音版，当时的译名叫“怒海沉尸”）引向了与小说《天才雷普利》相反的路径。导演克莱芒太想将德龙的偶像魅力用到极致了，后者一登场就吸走了银幕内外所有女人的目光。在这部片子里，连德龙当时的正牌女友罗密·施耐德都只配打个酱油，向他投以深情的注目礼，再依依不舍地离去（这简直是他们日后戏剧性情变的缩影)。帅得过分的雷普利注定不会为了阶级差而黯然神伤。当雷普利偷偷换上富家子迪基的衣服时，当这一幕被迪基撞见而他仍然保持着慵懒的节奏时，观众只会认定：这是一个“天生丽质难自弃”的故事。只有阿兰·德龙才配穿这样的衣服，才配过这样的生活，才配有这样的女朋友。偶像是正午的太阳，故事的其他部分都被阳光照耀成一摊亮白，细节无从辨认。没有了雷普利对迪基的暗生情愫，没有了迪基对雷普利“那种癖好”的严词拒绝，导演毫不可惜地抽走了杀人迷局中最微妙的那张牌，也顺便抽走了审查上可能遇到的麻烦和粉丝们必然会发出的抗议——伟大的阿兰·德龙怎么可能爱上另一个男人?

阿兰·德龙的粉丝们不知道，或者不愿知道，小说里的雷普利，会在第一次收到“祝你一路顺风的礼篮”时，“突然双手掩面，啜泣起来”，因为“对他而言，这本来都是些摆在花店橱窗内、价格贵得离谱、只能让人一笑置之的东西”。初见迪基时，雷普利刻意不让自己的浴巾碰到迪基的浴巾，被压抑的情欲在迷你高压锅里静静焖烧。在雷普利眼里，迪基的房间里没有一点女朋友玛姬的痕迹，屋里有一张“不比单人床更宽的床”——至少在他眼里，迪基是不爱玛姬的；玛姬这样傻乎乎的女人，也是完全不值得他像阿兰·德龙那样,用杀一个人的代价去追的。

到了导演安东尼·明格拉那里，镜像终于被颠倒过来。这一回，那个帅到让人心疼、眼睛和下巴颇有几分当年德龙风采的裘德·洛，是被明格拉请来演迪基而不是雷普利的。如此这般，尽管牺牲了帅哥的戏份，但马特·达蒙凝视他的目光是羞怯而爱慕的仰视而非俯视，就显得顺理成章。明格拉似乎在借此暗示，当雷普利选定另一副躯壳注入其“临时性”人格（他究竟有没有恒定的、专属于自己的人格？）时，那至少得是个让自己的旧皮囊相形见绌的品种。

让我穿上你的衣，让我既是我也是你。为了让我自由地在这两种身份之间穿梭，我就要杀死你。这一条逻辑链被明格拉娴熟地化用到影像中，他甚至改动原著，让整部片子从雷普利“借一件外套”开始——正是这件借来的普林斯顿大学校服，使得迪基的父亲误以为雷普利是迪基的校友，从而花钱把雷普利送上越洋轮，好把自己的儿子找回来。也正是这件校服，有效地呼应了海史密斯本来就在小说中打上高光的“换装”桥段，使后者成为整部电影的转折点。

雷普利的故事在该系列的后四本里继续延伸。雷普利无恶不作，但仗义起来也让人唏嘘。他在欧洲各国游荡，跟白道黑道灰道都过从甚密却又神奇地不受制于任何人。他甚至还有貌似美满的婚姻和貌似完整的家庭——当然，一切仅止于“貌似”而已。他仍然在寻觅各色各样的“外套”，他的身份已经从“演员”(《天才》里也确实提到他儿时未遂的理想是当一名演员）升级为“导演”。无论是身患白血病的油画店老板乔纳森，还是所谓的已故（或失踪）画家德瓦特，都是他在芸芸众生中觅到的好角色。如今，老练的他已经不需要亲自上阵，他只需要调动心理暗示之类的手段，就可以干预并改变这些角色的人生轨迹，让他们蜕变、重生，如催眠般按照他的安排把这场大戏一幕幕演下去。帕特说过，在所有的犯罪门类里，她最不可能去写的就是抢劫，倒不纯粹是技术含量不够的问题，而是因为“抢劫是没有什么激情和动机的，唯一的动机就是贪婪”。

贪婪不是雷普利杀人的主要原因。在他的对面，站着迪基，乔纳森和德瓦特们，站着所有他想要扮演、想要驱动的角色，所有他乐意虚构的人生。

五

你是美国。我不是欧洲。

“日子一天天过去，汤姆发觉这城市的气氛变得日益古怪，纽约仿佛少了些真实性或精髓之类的东西，整个城市正为他一人上演一出场面宏大的戏，戏中出现了穿梭往来的巴士、计程车与人行道上神色匆忙的人群，夹杂第三大道上所有酒馆播放的电视节目，银幕上映着充足的日光，数以千计的喇叭喧嚣及闲聊漫谈的人声权充音效。好似待他周六一出航，整座纽约城将立即如舞台上的纸板般噗的一声完全崩塌。”(《天才雷普利》)

雷普利从纽约出发，奉命去欧洲寻找船厂老板的独子，毋宁说，去寻找一个陌生的、比纸板纽约更广阔华丽的舞台——那些即将被他虚构的角色在那里等着他；而虚构了雷普利本人的帕特，在1949年春天，也从纽约出发，从伦敦到巴黎到马赛到意大利，从此就像亨利·詹姆斯一样，成了“美国旅欧作家群”中对故国吝于表达乡愁的个体。她有理由这么做，毕竟，慷慨地给予她高度评价的，有一大半都是欧洲的文艺家：英国文豪格雷厄姆·格林、W.H.奥登和德国名导维姆·文德斯。毕竟，她曾经一度被欧洲人推入诺贝尔奖提名者的行列。至于她的祖国——尽管杜鲁门·卡波蒂始终对她的作品赞许有加，并且引见她进入雅斗艺术村（作为“回报”，她将纽约的一处公寓转租给他），以为她会像他这个派对动物一样，在那里如鱼得水，可她终于还是辜负了这一番美意——任何人群都叫她害怕，哪怕打着“艺术”的名义。到最后，甚至卡波蒂本人在她眼里都不再是初次相遇时那样“甜美可人”，无论他用怎样夸张的字眼鼓吹她的作品、赞美她的风度，她都淡然处之，保持着警觉的距离。剩下的，就只有那位喜欢惹是生非的作家戈尔·维达尔替她狠狠地鸣过不平：“让人无法理解的是，海史密斯这位现代最优秀的小说家之一，在自己的祖国却被当成一名侦探小说家。这点虽然也是事实，但更加肯定的是，她是20世纪最有趣味的作家之一。”

“在自己的祖国”，维达尔的暗讽正是帕特的心病。她在《盐的代价》中让特瑞斯从卡萝的话语中辨认出高雅的欧洲口音，这一点成了特瑞斯最终弃男友与卡萝私奔的潜在原因。在帕特眼里，“自己的祖国”约等于“人傻钱多”，那里的片商只会将她的小说一本接一本买下版权，却从没想过是不是要拍，要不要拍出趣味来。以至于当初出茅庐的德国小伙子维姆·文德斯自己撞上门来表达对偶像的崇拜时，帕特跟雷普利一样出人意料地拿出一叠厚厚的手稿，往写字桌上一拍，说：“就连我的经纪人都没看过这稿子。所以我十分肯定还没有哪个美国人买走它的版权，也许你想看？”“你问我，想不想……看？！”文德斯激动得语无伦次。在坐火车回慕尼黑的路上，文德斯一口气读完了这部名叫“雷普利游戏”的稿子，并将它迅速改编成《美国朋友》。

《美国朋友》虽然奠定了文德斯日后蜚声欧洲影坛的基础，却也是一部处处可见粉丝心态的片子。文德斯非但让主演丹尼斯·霍珀（这位才子既导且演，美国公路片里程碑《逍遥骑士》就是他执导的代表作）戴上了得州人喜欢的牛仔帽（仅仅因为海史密斯生于得州），而且整个影片的情节铺排和舒缓节奏都跟原著亦步亦趋。雷普利的任务是要用心理暗示，一步步引导一个身患绝症的男人成为杀手，其间的绵韧迂回比一般的类型小说更长也更琐碎，但文德斯既有慧根咀嚼作者的用意，也有耐心用影像来捕捉人物心理渐渐失衡的过程。影片的后半部比小说更为浪漫化，两个在海滩上烧汽车的老男人尽管有点山寨新浪潮，到底不乏欧洲导演最拿手的温柔一刀，很能戳中文艺青年的泪点。不过，让文德斯大感沮丧的是，海史密斯第一次看到影片时反应很冷淡。在并不忠实却令人愉悦的《太阳背面》与很忠实却让人不安的《美国朋友》之间，海史密斯小姐显然更倾向于前者——这是不是恰恰反映了作者潜意识里对自我的拒斥？好在几个月以后，当电影在香榭丽舍大道上公映时，海史密斯改了口，宣称重看一遍之后，她发现“这个雷普利具有别的雷普利无法抓住的神韵”。

2002年，《雷普利游戏》又上了大银幕，这回男一号换成了无所不能的约翰·马尔科维奇。这一版，每个镜头里包含的信息量至少是《美国朋友》的三倍。21世纪的观众，再也不可能忍受雷普利拿着宝丽来慢悠悠地玩味孤独，他们需要更多的动作。于是，《美国朋友》里对人物关系的精雕细琢，连同几个小说中的次要人物，都被轻松抹去，马尔科维奇的精力，更多地花在练习如何用一根绞绳，在火车上不露痕迹地置人于死地。如果海史密斯不曾酗酒过度，如果她活到2002年，看到这一版《雷普利游戏》的后半部，两个男主角像《小鬼当家》那样，守在宅子里等待伏击德国黑帮，也许会笑出声来。

让我们回到1972年。母亲玛丽写来的一封信进一步加剧了帕特对故土的恶感。“法国不怎么样吧？从照片上看，你现在的样子就跟吸血鬼德拉库拉一样可怕，”玛丽说，“要知道，你的书在美国已经被人彻底遗忘，如今，走遍沃斯堡，再也没有哪家书店还在卖你的书！”

问题在于，当美国已经在大洋对岸离帕特越来越远时，她有没有穿透欧洲的肌肤，深入其血脉，在那里找到真正的归属感？答案仍然是暧昧的。帕特搬家的次数就跟她更换女朋友的次数一样频繁，她仿佛需要凭借离开，才能激发或者固化对某人某地的些微温情。她的言论从来做不到政治正确，这一点在任何地方都比较麻烦。比方说，尽管帕特有很多犹太裔的朋友和情人，她却总会在遣词造句（无论是嘴上还是笔下）中毫无必要地流露出对犹太人的不敬。她甚至曾经身体力行，像雷普利那样伪造大量签名，投书报社或政府机关，抒发对以色列的强烈不满。据说在整个八九十年代，她都乐此不疲，有不少寂寞的晚年时光，是靠这个单调的游戏打发的。

那真是寂寞的晚年。年纪越大，她越喜欢独居，没有哪个女伴会比那只叫“蜘蛛”的猫，还有那些蜗牛更懂她，也没有哪个地方会比异乡（此时欧洲已成本土）更亲切。只是，如今的她，确实已经老得没法再搬到另一个“异乡”了。对于一个作家而言，这也许并非全是坏事。帕特自己很清楚这一点。“翻来覆去，”她时常这样自嘲，“我的小说的基本要素，总是一个在本世纪与周遭环境格格不入的个体。”

六[1]

我是作家。你是罪犯。

你是另一个我。

1978年，我在柏林电影节当评委。天知道他们为什么要让我加入，这些欧洲导演总是异想天开。我不喜欢从早到晚看那么多电影，更何况，这些电影里居然有那么多色情镜头。没错，我的私人生活离“检点”相去甚远，《盐的代价》还被他们说成第一部真正意义上的“女同性恋小说”，可是，并不是所有能做的、能写下来的东西都适合放大了呈现在眼前的。于是，每当看到肉体与肉体交缠，尤其是同性之间，我就会蒙上眼睛，听到暴力镜头的声音，我再睁开眼睛——还是后者更合我的口味。我知道这是我的怪癖，可我懒得去弄清这件事的心理学意义——是因为，如他们所言，我的潜意识又在排斥自我吗？也许吧。

评委当得很不成功。在别人眼里，我不是在打瞌睡，就

---

[1] 这一节模拟帕特里夏的口吻虚构其自述，但其中所涉及的细节均有所本，取自其传记和访谈。

是在发呆。我不做笔记，他们为一组剪接争得面红耳赤的时候，我就冷冷地袖手旁观。需要填表的时候我老想打发别人代劳。后来我听说，评委会主席——我已经忘了他是谁——跟别人抱怨："请她来真是个天大的错误。"

我的存在也许本来就是个错误。"我个人的疾病和抑郁只不过是我这一代人和我所处的时代共同的症候，将其放大而已。"很久以前，我说过这话，无论说的时候多么振振有词，过后看起来总像是在推卸责任。我还开过这样的玩笑，"一种情况——唯有这一种——会逼我杀人：所谓的家庭生活，所谓的合家团圆。"应该没有什么人能听懂话里的意思：在一个正常的家庭里，一个人只能有一种统一的人格。我做不到。

对付那些访谈，我有自己的一套，我不介意重复或者放大我的——对，"病态"，他们是这么说的。我给"二十件你喜欢的东西"提供的答案是：独处；巴赫的《圣马太受难曲》；主人带着浓重的鼻音来电宣布晚宴延期；没有约会的周末；欧洲禁止进口小海豹毛皮；自然醒而非被闹钟电话铃吵醒；木制品皮制品旧衣服网球鞋瑞士军刀；柯克西卡和卡夫卡的作品……对了，还有，《欲望号街车》是我这辈子看过的最好的戏。

至于"二十件你不喜欢的东西"，那可远远不止二十件。我不喜欢我房子里的那台电视机，不喜欢记者——他们之所以采访我，只是因为知道可以把这些对话放在什么可以卖出去的地方而已。不喜欢莱热的画和西贝柳斯的音乐，正如我既讨厌法西斯主义者，也憎恨以色列的贝京—沙龙政府。我害怕那些必须设定闹钟叫醒自己的早晨，吃一顿非得上足四道菜的正餐，穿戴上任何会让我引人注目的服装首饰，哦，还有香水。我不明白那些用两只前掌搭在我的衣服上表示问候的狗有什么可爱的，我有我的"蜘蛛"和蜗牛就够了——它们都足够安静，足够矜持。在我看来，道德劫掠的危害一点也不比种族主义更小，那些相信这个或者那个神的无限威力（只是目前恰巧没有发挥出来而已）的人，还有那些相信死亡之后的世界，并且老想说服别人也皈依这种信仰的人啊，你们千万得离我远点。

说起信仰，我倒有个现成的例子。弗兰纳里·奥康纳，对，你们都看过她的《好人难寻》。卡波蒂说她才华横溢，是"又一个麦卡勒斯"。我知道他喜欢夸张，但在"雅斗"的那段日子里，我还是忍不住好奇心，跟她交往过一段。说起来雅斗真是个挺无聊的地方，每天晚上照例是大家出去喝几杯——说"几杯"只是自我安慰，有哪一次不是烂醉收场？

可是奥康纳从来不去，某天晚上我们照例撇下她一个人待在阳台上。回来的时候雷电交加、风雨大作，只见奥康纳居然还待在阳台上——双膝跪地！“你在做什么呀？”我问她。“看哪，你难道看不见吗？！”她指着阳台上某根木柱子上的节疤，说：“那是耶稣的脸啊。”

我不知道如何理解这强大的力量，你可以说我排斥它，也可以说我惧怕它。反正从那以后，我再没亲近过奥康纳。

我的朋友说，如果不依靠文字在虚拟中体验罪恶，分泌罪恶进而排遣罪恶，我的归宿一定是牢房或者疯人院。他们多半是指我那次在派对里，独自斜倚在烛光边，把自己的头发一根根烧着。说真的，戏有点过。是从什么时候开始，我会掌握不好分寸和火候，只消灌下去几瓶威士忌，就开始失控呢？我不喜欢看到他们一个个恍然大悟的样子。我依稀听到他们说：原来她写的那些人，全是她自己，全是。

真的吗？我离雷普利有多远？当雷普利忙着物色一件“新外套”时，我也在人群中观察可以“窃取”的形象、语气和性格，他们有时候只需要换个名字、改一身装束，就会出现在我的小说里——好吧，我得承认，最大的区别在于，那些“原型”并没有杀人，或者说，他们如果有那么点杀人的可能性，也是别人看不出来的。说真的，雷普利到底有什么特别高超的手段？他善于伪造文件和签名，熟知会计账目那一套花样，鉴赏音乐或美术的水准不俗——有哪一样超过我的能力范围？我甚至比他更偏执于一切有用或没用的生活细节，我会用看小说的热情来研究字典，我会用四五种语言写同一个单词，列出长长一张词汇表。我的日记本和活页簿上充满了日期、表格、地图。有一张表格与我的女朋友们有关，完全可以满足所有八卦记者的好奇心：时间跨度，年龄差距，体型（苗条或壮实），工作状况，头发的颜色（金色，当然是金色），分手的理由（不欢而散或无疾而终）——呃，不要问我它们的真实性，我至少能做到，让它们看起来都像是真的。

如果将来有人写我的传记（现在看来，有这个可能），我希望她是个女人。我相信我留给了她足够多的材料——看到那堆日记和活页的时候，她是会狂喜呢，还是会有片刻的崩溃？我知道他们学院派是怎么对待这些零碎的，我随手写在纸片上的东西他们都会去考证索隐。等等，她不会细心到那种地步吧——她不会发现我那些看起来很精确的时间其实是误植吧？比方说，上周发生的事情，我却要标上今天的时间——我只用现在时态。有时候，时间的错位确实能改变整件事情的性质……她的这个发现会让她推翻对那些材料的信任感吗？时间可以伪造，别的呢？那些我向不同的人叙述的我对母亲的恐惧、对继父的仇恨呢？我的悲惨的、每天晚上都会被噩梦惊醒的童年呢？我那些与精神分析原理严丝合缝的人生故事呢？如果她发现她只能把我的日记当小说看，而把我的小说当日记读，她还有勇气写下去吗？

如果你是像雷普利那样的“天才”，嗯，我是想避免说“罪犯”两个字，其实你比我幸福多了。因为你对你虚构的、伪造的人物和事件，对你构建的整个世界深信不疑。你相信，只要你看中了那件衣服，它就一定会是你的；你物色到的那个人，哪怕今天还是个病人，明天就可以是杀手；你看中的艺术和艺术家，哪怕已经死了，你也可以让它和他都活过来。你一定能做到，因为我让你做到。你消灭一个肉身就像搬开一块石头，你展开一个世界就像展开一张地图。我不行。我望不到虚构的边界，我只是闭上眼睛，本能地站住。我会忍不住怀疑自己，嘲讽自己。我定时定量地看心理医生，我在纸上把你写得越是神乎其技，在心里就越是把防火墙砌得高一点。小说家是不是那样一种人——就在几乎要相信往前一步便能进入自己创造的那个世界时，悬崖撒手。我终究不能成为你。那个词儿是怎么说的……同质异构体。我和你。

我和你。我和另一个我。你和另一个你。他们为什么总是用“孤独”来形容我呢？独处的时候，你分明就在我身边。离死亡越近，这感觉越清晰。死没有什么大不了的，几年前我就写过一首诗：清晨，我去世后的几个小时 / 七点，太阳将如往常般照耀 / 在树木上空，我很熟悉那些树 / 它们会闪出绿光，以及深绿色的树影 / 太阳逐渐升起，柔软而没有感情 / 树木没有知觉，站在我的，我的花园里……

到了死的那一天，留谁在身边都是多余的。我只要太阳，树影，还有你。

1995 年。临终，帕特里夏·海史密斯将最后一名访客——当然是个女人——从病房里赶走。“你该走了，你该走了，别说了，别说了。”她反复念叨，直到人去屋空。

没人能将她的辞世时间精确到某时某分某秒。正如她所愿，那一刻没有人在身边。

一手浪漫，一手反浪漫

这个文件开合多次，却迟迟落不下一个字。我应该早几个月写她，那时她刚因病去世，国内的媒体半冷不热地简介其生平——诺拉·爱弗朗，又是一个必须到去世才会短暂出现在人们视野中的名字。可供媒体随手取用而且不失亲和力的标签是“《西雅图未眠夜》和《电子情书》的编导”，是“纽约一代才女”，甚至是“浪漫喜剧女王”。说实话，给这样的标签配图，还是梅格·瑞恩的甜心范儿更合适，而不该是眼前这张干瘦狡黠的、似乎从来没有青春过的犹太面孔。很难一下子说清这个事实：一手浪漫，一手反浪漫，才是诺拉·爱弗朗真正的底色。

美国女人在爱弗朗编的电影里见证帝国大厦顶层的童话成真，但大银幕终会暗去，于是她们打开她的小说，她的随笔，她的博客，却看到一张冲着童话皱鼻子挤眼睛的鬼脸。她是1970年代女权运动中的活跃分子，曾经跟苏珊·桑塔格、阿娜伊斯·宁等数十位女名人并肩作战，联合签署请愿书（1972），标题是“我们都堕过胎”——事实上，当时诺拉本人从未有过堕胎经历，可她理直气壮地告诉记者：“这不是重点。”然而，时过境迁后，对此半是痛惜半是自嘲的人也是她：“太太走出家门，终于赢得了自由，并且发现了一个可怕的事实——她们是在买方市场做卖方，她们发现1970年代女权运动的主要功绩，只是实行了AA制。”

对我而言，这个似乎浑身装满弹簧的女人（即便在听到她的死讯之后，我的潜意识仍然觉得那不过是她开的美式玩笑）的言论变化以及她自己的人生历程，直观体现了“后女权”时代最“合理”的生存方式：如果不能成为游戏规则的制定者，那么退一步，我们也许可以成为更聪明的玩家和诠释者，通过每一种富有新意的玩法最终对“规则”产生反作用力，用潜移默化而非激进的方式，改变它。

我还得承认，在系统阅读桑塔格和波伏娃之前，是爱弗朗的那种直接的、平民化的、一剑封喉式的写法，第一次逼我审视“身为女人”这件事究竟意味着什么。对，我说的正是她 1996 年在卫斯理女子学院（Wellesley College）的那场煽动力十足的演讲。一上台，她就声明自己“忘了”问问玛莎·斯蒂沃德（在美国，玛莎是那种总在向女人示范如何漂亮乖巧、宜室宜家的“家居教母”）该说点什么，她也决计不会教台下的听众“怎样将你可爱的旧黑袍子做成帐篷”。“也许我说得没那么具体，”她总是不忘绵里藏针，“但我希望至少对你们有用。”

爱弗朗说的“有用”，是针对那些一毕业以后就忘了学校里的梦想，转而将“成为那些伟大男性的第一夫人”作为追求目标的女人。“到头来，她们往往——这可真让人伤心啊——认为最好的岁月就在学校里。”说到最后，爱弗朗的用词近乎张牙舞爪：“无论你们选择什么，无论你们要走多少路，我都希望你们不要选择当个‘淑女’。我希望你们能设法在外边打破一点规则，惹一点麻烦。我也希望你们能选择站在女人的立场上来惹这些麻烦……”

演讲的语境已经改变，内容可能也大半过时，但她的呼号像一根奋力抽打陀螺的鞭子，只有当那个陀螺转动起来，女人才会知道，除了按照男人的眼光和时尚杂志限定的尺寸打造自己，她其实还有更多的可能性。终其一生，她可以不选择这些可能性，但，知道或不知道它们的存在，毕竟于人生是大大不同了。

没说的才重要

如果把《危险》的人物关系梳理成图表，基本上一个经典大三角，外加两个由大三角蔓生的小三角就能解决问题。能覆盖广大收视人群的故事该有些什么零碎，《危险》基本不缺：有山有海有豪宅，有成功脆弱男美貌敏感女，还有他们各怀的“鬼胎”——“世上有些东西，比爱更可靠。”“合作关系？同谋关系？狼狈为奸？因为什么事情互相牵制？”

如果让《危险》以更接近本格推理的方式拍成影视剧，那么全部或者至少大部分从警察杨霄的单一视角出发，从酒店发现尸体开始推理，就能得到节奏均衡、眉目清晰的叙述线。实际上，小说文本已经在每章开头，用分段展示杨霄日记的方式，非常完整地勾勒出这种“本格”框架——并且，如果不是过分挑剔的话，以我这个翻译过几本克里斯蒂小说的译者的眼光来看，这个框架的逻辑是可以自洽的，前后细节的铺垫，以及及时打个擦边把球救回来的技术，也得算是相当老练。

我的意思是，虽然各家书评包括《危险》封底上的话都表明，这部小说的意图是突破“悬疑故事的外壳”，但其实这“外壳”本身搭建得很皮实——作者很清楚，超越类型小说的基础是深谙类型小说的游戏规则。同样地，作者应该也知道，按照传统套路写的好处，除了能将悬念一路护送到最后一刻，临了作者躲在边上看读者镜片碎一地之外，某种程度上，也是不给凶手、受害者以及当事人太多的博取读者同情的机会。这样写，作品的立场总体上处在一个正义的位置，读者跟着这样的故事走，虽然始终悬着一颗心，在心底深处倒是安全的。他们知道不是不报时辰未到，末了自然会有惩恶扬善大结局，一般也不会有太多伦理的灰色地带供你耗费心力——因为作者要保证你始终情绪高昂地投入那场道高一尺魔高一丈的智力游戏中。

但《危险》从一开始就在催促你从这个安全地带中撤离

出来，它试图在月黑风高刀光毒影都晃过一圈之后将肉体杀戮降到最低，而将心理层面的“危险”放到最大。读完小说之后，你会明白我这个努力避免剧透的句子，想表达的是什么意思。在一些轻巧自然的段落，作者借杨霄之口，有意无意地扯到几句“与本案无关”的事件，既让故事的社会背景得以延伸，也在暗处策应主旨：人心的危险无处不在，谁都甭想轻易把自己择到局外去。就好像，杨霄跟女一号讨论案情（两个人其实也都受困于情感死结），正到紧要关头，突然指了指旁边的电子大屏幕哈哈大笑。“怎么会有这么缺的人？”此时，屏幕上正在播放一则求爱信息。

《危险》的主体部分，那些试图挣脱类型小说轨道的部分，挨个深入三个当事人心中，捕捉其内在视角，同时对他们的每一个行动都标注心理动机。这种曾经被亨利·詹姆斯推到登峰造极的写法，如今实在不能算时髦。这样写的不利之处是看起来不够酷不够“冰山”，你有时候会觉得心理描写太多，延宕了故事节奏，对习惯于动作及场景迅速转换的当下读者，构成轻度困扰。同时，写作难度也在这个过程中逐渐升级——所有人的心理独白都展现在读者眼前，甚至氰化钾是怎么进入“凶手”的计划都写得一清二楚，还如何将悬念维持到最后呢？

好在，人心的“危险”最终挽救了这种“危险”的写法。再度借杨霄之口，作者告诉了我们问题的关键：“你知道，有种人撒谎很高明，他有选择地告诉你一些，绕过重要的部分，说一些次要部分，次要部分可能的确是真的，他可以说得有声有色，让人误以为他说了全部的实话。也的确没撒谎，只不过，没说的才重要。”

没说的才重要。这一条不仅适用于“有种人”，也不仅适用于小说里。它不仅能触动我们每个人最脆弱最隐秘的那根神经，也是作者在道破小说和叙事艺术的天机。唯其如此，心理描写本身才可能成为小说里最大的障眼法和悬念助推器。唯其如此，透过看上去有点啰嗦、无比纠结的心理分析，你能够看到每个人物都在回避着最重要的东西，而小说也在有意识地绕开直奔主题的捷径。至于这种绕开的程度是否足够，留白若是更多，会让文本更高级还是反而弄巧成拙，结尾是否可以更开放真相更不确定，将“心理危险”贯彻得更彻底，我也说不准。那也许是另一部作品，也许就是陈幻的下一部。

看不见的门

哪怕单看标题，《刺杀撒切尔》也注定成为新闻焦点，更何况开篇第一句就是："先想象一下她咽下最后一口气的那条街。"执笔为枪，瞄准离世不久、生前毁誉参半的政治风云人物，在虚构中让其"偿还血债"，这不是一般的小说家会干的事——他们会觉得这样的表达方式不够含蓄不够微妙。然而，两届布克奖得主希拉里·曼特尔不属于"一般的"作家。对于这个极具挑衅性的题材，她毫不含糊地表示，这决不是什么一时冲动的游戏之作，虽然只是个短篇（译成中文不过一万三千余字），却"已经在我心里酝酿了三十年"。

曼特尔说的是1983年。与小说中描述的场景类似，时任英国首相的撒切尔夫人在温莎的医院里刚做完眼科手术。仅就小说缘起的角度而言，故事中那个从卧室窗口能看到医院花园的女主人公，就是曼特尔本人——她在温莎有一套小房子。仿佛是出于本能，当撒切尔夫人蹒跚着步入她的视野时，曼特尔立刻就目测了距离，她的拇指和食指比画成手枪，“当时我就想，如果这里站的不是我，如果是别的什么人，那么她就死定了。”

仇恨何以如此强烈？用曼特尔的说法，这是在为人民说话：“现在想到她时，我还能感觉到一种沸腾着的憎恶，她对英国造成了久远的伤害……我从来没有投票支持过她。但我可以退后一步，把她作为一种现象来关注。作为一名公民，我因她而受罪，但作为一位作家，我因她而得益。”至于撒切尔夫人团队刻意替她打造的励志故事和个人形象，曼特尔冷笑一声，毫无顾忌地展开人身攻击，“本质上，她是反女权主义者，是心理层面上的异装癖”。

曼特尔向来持坚定的左翼立场，她对以撒切尔夫人为领袖的英国保守党在80年代对内对外的铁血政策深恶痛绝，也算意料之中——事实上，对这个问题，大多数英国文化界人士都持类似看法，程度或多或少而已。不过，时隔三十年，这股怒火仍然在字里行间熊熊燃烧，这一点显然超过了某些人的承受范围。撒切尔的前公关顾问甚至呼吁警方对她开展调查，因为她公开承认了谋杀的动机和意愿。对此，曼特尔的回应简直一剑封喉：“让警方来调查，哪怕让我自己做主，我也难以设计、不敢期盼这样的好事儿，因为真要来这一出，那大伙儿立马就能看出，他们有多么荒唐。”

话说回来，这篇小说之所以闹出一场风波，除了因为英国报章素来喜欢煽风点火，也确实与曼特尔本人的这种泼辣风格在英国文坛独树一帜有关。不绕着圈子说话，不低调行文，不屑在厚厚的泡沫塑料里藏软刀子——就这点而言，曼特尔其实很不英国。

然而，与态度同样鲜明的，是技术，这是曼特尔之所以是曼特尔的另一个要素——而这一点，又恰恰很英国。在窗口“目测距离”之后，曼特尔迟至三十年后才动笔，不是为了等撒切尔夫人去世，而是要解决技术问题——毕竟，虚构艺术不是靠一腔怒火就可以成立的。

尽管灵感来自真实的场景和感受，但曼特尔真正下笔，就必须尽可能收起主观判断——“我并不是这两个人物中的任何一个。”杀手来自爱尔兰共和军临时派，冒用水暖工的身份闯进民宅寻找射击点，他包里的“金属配件”组装起来就是一把枪，枪的绰号叫“寡妇制造者”；而第一人称叙述的女房主所处的社会阶层、接受的教育程度显然高于前者，她起初还以为对方是个摄影记者，因为他们关心的都是“抓到一个好角度”。这一组人物存在怎样的差异、矛盾和共鸣，如何在短时间内在他们之间制造张力，这是作家真正关心的问题。一句双关语如何理解，一杯茶要不要放糖，一首歌的历史意味着怎样的民族认同，这些都是作者安排的关节——藉此，在杀手等待动手之前，人物关系被一步步推向高潮。

整篇小说极大程度上是被对话而不是动作推动的——因为最重要的动作还来不及发生。对话始终像绷紧的弦，人物之间的对抗与同情随时转化。哪怕他们最后成了事实上的同谋，也无时无刻不感受到彼此之间的鸿沟。杀手清醒地对女主人说：“你以为是站在我这边的？你并不知道我是哪一边的。相信我，你根本不知道。”而女主人同样不放弃以微妙的词语来羞辱对方的机会：“资产阶级，这算哪门子工艺专科学校的词汇呀？”她的几乎出于本能的还击充满着温莎式的优越感，因为“工艺专科学校也算是个接受高等教育的地方，专收那些进不了大学的年轻人：他们聪明到会说‘亲缘关系’，却只能穿廉价的尼龙外套”。

对真实人物实施的虚构暗杀，最终将通往何处？彻底落实或完全虚化都不是最佳选择。曼特尔把结局设置在开枪之前，悬念定格于半空，但同时又在此前突然荡开一笔，安排女主人领着杀手找到一扇通往隔壁大楼的门，开出一条虚拟的逃生通道。这实在是神奇的一笔，视角骤然从“我”身上抽离，拉到高处俯视众生。真实与虚构在这道“看不见的门”里共存，文本也因此跳脱表层情节，被赋予更为深刻的意义：

“谁不曾见过墙上的门？那是残疾儿童的慰藉，是囚徒的最后一线希望。它是濒死者最便捷的出口——他的死，不会是被死神捏在手中，喘着粗气发出尖利的惨叫，而是在一声叹息中辞世，如一片坠落的羽毛。它是一扇特殊的门，不会遵守任何支配木材或者钢铁的法则。没有哪个锁匠能挫败它，没有哪个看守能踹开它；巡警会从门前绕过，因为这扇门虽然有形，却只有信徒才能看见它。一旦穿过了这扇门，你回来时就成了天使与空气，火花与火焰。刺客宛若一枚火星，这你知道。走出防火门他就熔化了，所以你永远不会在新闻里看到他。所以你不知道他的名字，他的面孔。所以，正如你所知，撒切尔夫人一直活到终老。然而，记住那扇门，记住那堵墙，记住那扇你从来看不到的墙上的门有多大的力量。记住你打开一条缝时从门里吹来的寒风。历史永远会有别的可能。因为有时间，有地点，有黑色的机遇：那一天，那一刻，灯光斜照，远处，靠近辅路，冰淇淋车叮当作响。”

历史永远会有别的可能，这是历史小说家曼特尔的典型口吻。事实上，短篇小说并不是曼特尔经常涉足的领域，只有在创作大部头历史小说的间隙，她才会应《卫报》或《伦敦书评》等报刊的邀约，写几个短篇。不过曼特尔出手往往不同凡响，常常入选各种“年度最佳”，质量确实远高于数量。这本以“刺杀撒切尔”为标题的短篇集，便是曼氏多年来十一篇作品的集合（应版权方要求，中译本比原版多收录了一篇《英文学校》）。

翻译这个短篇集的时间，几乎与我本人开始学习中短篇小说写作的过程同步，这样的安排里当然藏着私心，希望多少能学到一点东西。交稿之后回想，当然不敢说有什么立竿见影的效果，但曼特尔的风格之独特，一定会在记忆里留下不易抹去的痕迹。纵观这十一个短篇，题材迥异，长短不同，但都跟《刺杀撒切尔》一样，属于态度和技术异常鲜明的作品。或许可以这样讲：如果说从20世纪下半叶开始，以卡佛、门罗等为代表的简约、含蓄、冲淡是世界短篇小说的主流，那么曼特尔在一定程度上是反潮流的。

说曼特尔态度鲜明，是因为她始终在不抹杀人性多面和社会关系复杂性的基础上，从不回避自己的立场。对于触目惊心的阶层鸿沟、社会矛盾和家庭黑洞，曼特尔不装糊涂，不和稀泥；对中产阶级的改良愿望的幻灭，对于他们的矛盾、纠结和虚弱，哪怕以第一人称叙述（作者本人显然就属于这个阶层），曼特尔也不会放过任何一道豁口，该撕碎的时候毫不留情；对于底层社会的艰辛和粗鄙，乃至其中仍然蕴含的潜能，曼特尔亦能真正做到贴身叙述——她笔下的劳动阶层，较少带着知识分子刻意审视的痕迹。在她笔下，无论是一场失败的族裔融合（《很抱歉打扰你》），一桩令人不寒而栗、“故意杀人”的交通事故（《寒假》），一个被社会“潮流”异化吞噬的家庭（《心跳骤停》），还是一位处于事业瓶颈期、追问写作如何干预生活的女作家（《我该怎么认你》），都很难归入既有的类型，也都逼真地展现了几十年来社会政治问题如何渗入英国的日常生活。

另一方面，透过这些文本，我们也可以看到曼特尔鲜明的技术特点。在视角和意象的转换上，曼特尔总是能做到迅疾而奇特，善于在日常生活描写中突然绽放出超现实的火花。比方说，如果你熟悉曼特尔的历史小说，可能会在《英文学校》的一段视角转换中看到《提堂》开头采取老鹰视角的影子：

“一阵无聊过去，《旗帜晚报》也看完了，此时尿意袭来。她有一个塑料花瓶，装到半满时，她站到椅子上，小心翼翼地把瓶子摆稳，然后打开阁楼窗户。如果此时有人待在屋顶上，比方说，一只鸟或者一个正在修排水管道的男人，比方说，一只从遥远海面上飞来的海鸥；它会看见一只黄黄瘦瘦的手冒出来，沿着窗框摸索；它会看见有个瓶子在小心翼翼地倾斜，接着，一股细细的水流沿着石板淌下去。”

曼特尔的小说，对话往往异常简洁却具有攻击性，下笔堪称凶狠。她擅用词语双关来造成阶层之间的误会，抓住“词语”在英国人生活中定义各种微妙关系的特点，极具反讽意味，同时也给翻译造成了很大的困难。此外，曼特尔在铺陈气氛和设计细节上都是高手，喜欢在优美奇诡的描写中突然撕开伤口，暴露生活中最残忍的那一面；相应地，她也善于在阴郁、黑色、教人窒息的情节中悄然打开那扇“看不见的门”，门里汩汩涌出的优美而诗性的描写与前者形成惊人反差——于是，光愈显明亮，暗愈显浓黑，作品愈显其异质的美感。

城市安慰它即将吞噬的人

1840年7月6日，礼拜一。二十九岁的萨克雷凌晨三点就起床，坐马车去伦敦新门监狱。一过四点二十分，监狱周边街上便人头攒动，连街头橱窗里都站满了“安静、肥胖的家族”。最好的视角在楼上，那里早就被周日宿醉狂欢的人占满——他们是付了租金的。出租广告直奔主题：“房间舒适。最佳位置。视角上乘。”咖啡馆的顶层阁楼可以租到五英镑，店面一楼的租金连翻五倍。

楼上的房间，有一个是二十八岁的狄更斯租下的。俯瞰人群，他认出了高个子萨克雷。彼时离两位文豪交恶至少还有十年，所以狄更斯兴奋地喊出了声。七点，监狱门前水泄不通，有人在抱怨快要晕过去了。也许，倏忽之间，一丝恐惧在人群中蔓延。年长一些的人，会想起三十三年前的某个礼拜一，同样在这里，同样是监狱大门打开之前，人群中有一个馅饼师傅弯下身子捡掉下的器皿，启动了第一块多米诺骨牌。倒下的人再没有机会爬起来。事后，警察找到了二十八具尸体。

然而，恐惧也是狂欢的一部分——毋宁说是最重要的那部分。萨克雷后来在随笔中形容，厕身于“隐秘地贪恋鲜血”的人群，让他感受到“极强烈的恐怖和耻辱”。相比之下，狄更斯的神经似乎更坚强一些，因为四个月以后，在另一个监狱门外，他又现场观摩了一次绞刑，在人群中辨认“撒旦的形象”。这一幕，将重现于狄更斯一年之后发表的小说《巴纳比·鲁吉》中。“伦敦生活里已经没有多少东西能让我吃惊的了。”狄更斯说。他的潜台词是——绞刑现场是个例外。它让他心悸，让他意识到伦敦仍然在暗处露出牙齿与舌头。

时间再往前，主业编词典、副业写散文的塞缪尔·约翰逊同样乐于从行刑中窥见伦敦的本质。1783 年，为了给日渐兴盛的牛津街一带的商业区让出地盘，绞刑架从泰伯恩挪到新门，这样就等于取消了行刑之前的游街。约翰逊对着后来替他作传的鲍斯威尔说了一段颇具反讽意味的话：“行刑的本旨就是吸引旁观者，老方式令各方都满意。老百姓高兴，罪犯临终前得到鼓舞，为何要彻底扫除这一切？”

生活在21世纪的人难以想象18世纪后半叶伦敦的“绞刑文化”达到鼎盛时期的境况：受刑者盛装赴死，男人穿丧服或新郎礼服，女子常穿白裙，披大丝巾，挎上装满鲜花和水果的篮子，一路撒向看客。看客也大有刷存在感的空间，妓女给游街的罪犯献花，笃信“绞刑遗体能治病”的人则在等着用几个金币买下死者的一只手——与此相比，人血馒头似乎要含蓄得多。

上述种种，虽然经过增删腾挪，但从中可以大致领略彼得·阿克罗伊德在《伦敦传》中最典型的写法。标题的一个“传”字，便与常规史书自动划清界限，虽然这厚厚六百多页里满满的都是历史。《伦敦传》不是大事记，不是鸟瞰图，也不是——至少不仅仅是回溯这座城中之城的发展路径，开展案例分析。全书的结构，沿着时间（从公元前罗马占领伦敦时期一直写到现在）和空间（整座城市的各个区域均有覆盖）的维度同时推进，但当然不局限于此，否则就没法想象“绞刑的故事”或者“你这性感尤物”（“一个妓女在河岸街勾搭塞缪尔·约翰逊时也不讲究客套……”）之类的话题，都能占掉整整一章。

更让阿克罗伊德兴奋的总是这样的场景：多种元素并置、冲撞，有历史演进的脉络，但更有戏剧性和文学感。像狄更斯、萨克雷、约翰逊和鲍斯威尔这样的作家频繁出没于书页间，远远压倒政经及科学界的人物。他们的观察和叙述互相连缀，构成这本书的主体。与其说这是一部城市的历史，倒不如讲这是一座城市（甚而是所有城市）被叙述的历史。因此，作者在第十章末尾饶有意味地指出，每年4月，伦敦市长都会到著名史学家约翰·斯托的墓地和塑像祭拜，并将一管崭新的羽毛笔奉置于塑像的手心。这项仪式“肃穆地象征着撰写伦敦历史这桩事业永远不会停歇”——阿克罗伊德在说这句话的时候，除了指斯托那部不朽的《伦敦调查》（1598）之外，应该也想到了他自己正在写的《伦敦传》。

像所有国际特大城市一样，伦敦太大，太庞杂，太琐碎，边界太模糊，甚至“迂曲难行，笼统、令人窒息”，以至于任何精确量化分析的企图都注定是片面的。《伦敦传》的奇妙之处，就在于常常会从各种“伦敦叙事”中捕捉到最精炼、最感性但又是最准确的句子，从而让这座城市的独特性通过主观感受得以凸显——这些主观感受起到的作用，是大量（貌似）客观的叙述难以替代的：马拉美在伦敦闻到整座城市飘散着烤牛肉的气味，亨利·詹姆斯形容伦敦的光线仿佛“阳光从云顶漏缝钻下来的样子”，而19世纪法国一位记者发现，跟巴黎人相比，伦敦人听到“起火了！起火了！”时，反应“快得惊人”；1827年，一位德意志旅人穆斯考亲王写道：“在外国人眼里，伦敦剧院里最惊人的是观众那股前所未闻的粗俗和残酷。”18世纪的鲍斯威尔对这种粗俗和残酷有更生动的描述：“我们冲进剧院，占据后座区中央，手里拎着短棍，兜里装着响哨，稳坐着等候。”

地道的伦敦佬确实视剧院为精神家园，他们在那里安放对仪式感、暴力和冒险的嗜好。剧院历经变迁，在清教运动时期一度被关闭，重新开放以后也沿着“现今一切都讲文明，见不到鲁莽的迹象”（塞缪尔·佩皮斯语）的方向发展。当然，总有人留恋“旧戏”里台上台下打成一片的气氛，就像一边抗拒旧式绞刑一边又被它吸引的狄更斯和萨克雷们。直到19世纪，“上等”绅士仍然会在观众席上发起骚乱，中断戏剧表演——如果你站在上帝的视角，可能一时分不清，台上台下，究竟哪一出更有戏剧意味。

伦敦的戏剧性就这样从台上延伸到台下，从剧院里扩散到剧院外，这一点构成了《伦敦传》的主旋律，几乎在每一页都有所体现。伦敦街头，似乎人人都身穿戏装，因为“在如此拥挤的城市里，人们仅靠衣服识人”。“蓝袖毡围裙”是屠夫，“风帽、头巾、顶髻”是娼妓，“戴假发、手腕套着褶裥饰边”的是18世纪中叶推销货物的商人。唯一的例外是节庆，人们收起他们的常规“戏服”，换一套装扮，技工穿上山寨的贵族服装，作家装扮成“无赖”或者士兵，到酒肆寻乐。在阿克罗伊德看来，伦敦佬经久不衰的异装癖，实质上源自伦敦这种“诙谐模仿的平等化精神”。

阿克罗伊德甚至用这种观点解释查尔斯·兰姆的名篇《扫烟囱童工赞》。一年到头，烟囱童工只有在好心人张罗的年度晚餐里，才能把自己置换成平时他们无法扮演的“儿童”角色。于是，“数百张嘴笑得露出牙齿，以灿烂惊动黑夜”。左翼人士或可争论，这戏剧化的一幕体现的并不是真正的平等主义精神，仅仅是为了让这些孩子顺从惨淡的命运。不管怎么说，平等的幻象虽然短暂，却足以让人上瘾，足以让伦敦人对戏剧，以及戏剧化的生活，保有持久的、无以名状的热情。

无论这种热情是否具有清晰的自觉意识，至少它启发了那些有志于叙述伦敦的写作者。莎士比亚在《亨利四世》里写福斯塔夫与太子在野猪头酒店里搭台演戏，互换角色，这段经典隐喻究竟在多大程度上折射了现实、历史与戏剧之间的关系，并潜移默化地反作用于现实？我们根本无从度量。

某种程度上，生生不息的叙述者不仅记录了伦敦，也通过强化城市的戏剧性，重新定义了伦敦。用阿克罗伊德的说法，他们创造了一幅幅古怪的都市皮影戏，他们笔下或自闭或痴狂的角色，与这座城市的黑暗力量交织，创造了一个戏剧化、象征性的伦敦。很多时候，他们笔下的伦敦取代了诸多方面的“现实的”伦敦。

所以阅读《伦敦传》，你大可不必执念于书中的各种理性判断。一旦离开语境，它们有时甚至会显得自相矛盾。你在564页上刚刚读到“地球上没有任何其他城市能展示出这样的政治延续性和行政延续性……这座城市的质地也异乎寻常地连贯……即便是伦敦大火带来的毁坏也没有将古代的巷道和界限抹杀掉”，但很快就在645页上看到“伦敦一直都是一座丑陋的城市，它总是在被重建、被摧毁、被破坏”。城市的复杂性让所有的概括都失之偏颇，让所有的规律身后都紧跟着例外。一个硬币的两面都是真实的，重要的是看见一面的时候总是意识到另一面的存在。

相比之下，更重要的仍然是书里那些俯拾皆是、如有神助的细节。写第二次世界大战中的伦敦，阿克罗伊德略去多少战争风云，只写前后的照明变化。在泛光灯首次照明（1931）的九年之后，伦敦被迫进入灯火管制，整座城市黑影曈曈，熟悉的马路成了“费解的秘境”。早已习惯了现代光线的眼睛穿越不回煤气灯时代，人们热烈地盼望暴雨，因为可以借着闪电再看一眼曾经熟悉的街角。如是，你可以约略想见，等到 1944 年取消灯火管制时，市民们该如何体味重获新生的惊喜。当历史的重量已经压迫到人们欲说还休时，这一恍神之间失而复得、虚实无间的万家灯火，就体现了城市柔韧的本质。

《伦敦传》在“城市性”和“英国性”之间，毫不犹豫地倒向前者。在大部分篇章里，伦敦所呈现的诸般特质，更像是作为一个独立于英国（民族性）之外的存在——这点倒是能在最近的脱欧公投中得到验证。游荡在这座“城中之城”的现实和隐喻之间，你很难想象还有什么它覆盖不到的城市经验。所以当我看到第十九章“他们全是市民”里描摹的那些古怪而孤独的伦敦佬时，觉得这样的生存状态也完全可能发生在东京或者上海。只不过，伦敦佬似乎喜欢在审美上搞得更极致一点，他们更具有黑色幽默的天分。就像那个 18 世纪末住在蒙特街的家伙，用防腐剂保存去世的原配，陈列在客厅里。他让死去的原配穿黑色，活着的继室穿白色，严禁交换。

2006 年秋天，我钻进伦敦泰特现代艺术馆那座著名的

“大烟囱”。现代艺术是强大的负能量场，一堆拒绝阐释的线条、色块、树根、幻灯从我身边掠过——应该说是我掠过了它们。我的腿开始打飘，胃被西餐和艺术撑到了接近胸腔的位置。我走到四楼那个著名的阳台，据说在这里看得到全伦敦最好的夜景。

夜幕下的泰晤士河远不如塞纳河旖旎，但它其实暗地里也懂得跟那似有若无的雾气调情，把对岸的灯光全化开一层光晕。我其实看不见远处，但白天所见的影像，东区与西区巨大的反差，东区墙上那些或生气勃勃、或颓废愤怒的涂鸦，似乎特别容易在黑夜中，在我疲劳的视网膜上放映出来。

当时还没有智能手机，我也没有随时摸照相机的习惯，只歪着头看身边所有人都在拿冰凉的铁栅栏当三脚架，屏住呼吸，长时间曝光，想拍一张合意的夜景。我想象，那些驶过泰晤士河的船上的点点灯火，会在他们的照片上拉出一道长长的光弧。回到故地，他们会得意洋洋地把这些光弧指给那些没来过伦敦的人看。他们屏住的那口长长的呼吸，也成了这夜、这河、这阳台的一部分。

我真希望那时我看过《伦敦传》。那样，斯时斯地，我一定会想起这个既悲伤又温暖的句子：“也许这可以看作伦敦的一大吊诡：这座城市先安慰它即将吞噬的人。”

镜子的两面

扎迪·史密斯的《美》（*On Beauty*）在 2005 年出版时，这位剑桥才女已经以访问学者的身份在哈佛待了两三年，不过《美》中虚构的美国新英格兰地区的高等学府“惠灵顿”更像是波士顿大学，因为按照小说人物的讲法，“它的名气接近于一所他一直梦寐以求的藤校”。不过，一路读下去，你就知道小说的格局远不止于影射校园八卦——渗透在文本中的雄心，当得起这个仿佛可以包罗万象的书名。

小说里两个学术家庭的结构，几乎是对称的：新自由主义者贝尔西是个来自英国的白人，娶了一位在婚后迅速发胖的黑人太太，并且依靠她富庶的家庭在美国扎根；而新保守主义者基普斯一家子都是高大的黑人，先是住在伦敦，隔着大西洋与贝尔西在打笔仗，再是搬到“惠灵顿”与其共事。贝尔西和基普斯的研究领域高度重合，学术及政治观点针锋相对——可想而知，这样的设定，人物甚至不用开口，就已经有天然的反讽效果了。

不过史密斯当然要让她的人物开口说话，而且个个妙语如珠，随便翻开一页都能编进情景喜剧的台词。比如，贝尔西满嘴美学，行为却总是有失检点，习惯性出轨败露之后，难免要与老婆琪琪争吵，难免要听她哭诉“想当初”。情急之下，教授的自我辩护是：“哦，想当初，实际上我是跟一个苗条的黑人女孩结的婚……”

“琪琪的眼睛瞪大了，任凭剩下的眼泪在她的眼睛里变得朦胧。‘天啊！你想控告我违约吗？产品膨胀，未曾事先告知？’”

实际上，在外人看来，这本来就是一场充满滑稽色彩的婚姻，“琪琪管玫瑰花就叫玫瑰花，而霍华德呢，管它叫作文化和围绕着相互吸引的自然/圈套的两极而循环的生物构造的聚集物”。跟贝尔西暗通款曲的女诗人克莱尔倒是与霍华德般配，琪琪就曾评价说“克莱尔那首著名的描写一次性高潮的诗，似乎将性高潮的所有不同要素都拆卸开来，就像机械师拆卸一台机器一样”。这是琪琪觉得不需要丈夫或者女儿讲解就能读懂的克莱尔的少数诗歌之一。

说起来这也不算新鲜，这类以学院为背景的小说都擅长用讥诮的语言解构人物高大上的身份，比如戴维·洛奇的《换位》，也是在大西洋两岸寻找两个学术背景具有对称效果的教授，各自到彼此所在的学校做交换学者。那本书里有一个后来常常被引用的段子：文学教授为了在一个标榜“丢脸”的沙龙游戏中获胜，大声宣布自己从来没有读过《哈姆雷特》，最后断送了自己的学术前程。在《美》里，人物关系更复杂，环境更喧嚣，场景转换更迅疾，类似的段子也更密集，史密斯在描写“冷不防拽下对方裤子”式的“纯粹的学术乐趣”时，有时候简直比洛奇更老辣。

但《美》比《换位》更好看的原因还不止于此。贝尔西的太太琪琪，基普斯的太太卡琳，在这部小说里占据了两个非常重要的女性视角，这一点是《换位》中缺失的。琪琪和卡琳之间那段不为人知的、跨越生死的友谊，那幅辗转于两个女人之间、将情节推向高潮（同时也直接点了“美”的题）的名画，大大拓展了文本的空间。男人们在学术台面上互相寻找拽落裤子（到最后近乎内裤）的机会，在虚伪地谈论族裔融合和平权运动，娴熟地把立场换算成态度，他们当初也许有过的青春抱负都埋葬在身后的积满灰尘的角落里。而注视了他们大半辈子的女人，目光里的信任和崇拜不知何时变成了失望和讥讽。最后，她们一起把视线挪开，只凝视彼此和远方。

在小说的后半部，随着闹剧如陀螺般越转越快，男人能感觉到自己不仅在渐渐失控，而且孤立无援，但他不知道能用什么方式挽回。于是我们看到，贝尔西“想象着他的家人像是希腊戏剧中的合唱团，为他颓丧，为他愤怒，却在他登台的瞬间从舞台上迅速撤走了”。

事实上，“合唱团”也是评论家在形容史密斯作品时，特别喜欢拿来打比方的词儿。在他们看来，她是那种天生就能从大城市的喧嚣芜杂中听出交响合唱的作家。从《白牙》到《签名收藏家》《美》，再到 2012 年在大西洋两岸均引起热烈反响的《西北》，史密斯洞察并描摹现代城市不同阶层、族裔生存状态的技术愈见纯熟。有时候，史密斯的这种能力甚至在一些规模更小的作品中表现得更为集中和充分，比如那部起先发表在 2013 年的《纽约客》杂志，后来以单行本形式出版的小说《使馆楼》（*The Embassy of Cambodia*，直译是“柬埔寨大使馆”）。

英国报章把《使馆楼》比喻成一部智能手机，尺寸玲珑却内藏乾坤。这话大抵是说这个短篇的单位信息量远远超过了平均水准，却又组织得自然妥帖、井井有条。读完这篇小说，你的记忆里会清晰地留下伦敦威尔斯登地区的一条街，街上的住户“多半是富庶的阿拉伯人”。非洲裔姑娘法图是一个巴基斯坦中产家庭的住家保姆，没有工资，也几乎没有可以自由支配的时间，除了每周一上午偷偷使用这家人的会员入场券，从街的一头走到另一头，到一个高档健身中心游泳——这点小小的冒险，这段短短的旅程，是法图艰辛生活中的亮点。

小说照例要起波澜。这次是这户人家的孩子出了一点意外，恰巧被法图化解。然而救命之恩反倒打破了主仆关系原有的平衡，史密斯寥寥数笔就把这种吊诡的转变刻画得入木三分。法图面临被无端解雇的命运，她有点迷茫，却并未失去希望。至此，此前种种关乎心灵的铺陈——法图莫名被柬埔寨大使馆建筑吸引的瞬间，使馆楼围墙上飞来飞去的羽毛球（“击球，扣杀”……），她与来自尼日利亚的教友安德鲁的约会与讨论，那些关于信仰与现实的只字片语，仿佛都生出藤蔓来，彼此勾连成一张网。正如这条短短的街道，承载着族裔、阶层之间的碰撞，顿时也成了整个伦敦，乃至整个世界的缩影。

小说的视角跟着法图走，但叙述却仿佛是通过一个更抽象更超然的声音实现的——有时候这个声音是“我”，更多的时候，则是“我们”。“就像古希腊合唱团”，英国媒体郑重地用上了这个词儿。具体地说，这样做不仅能在法图的个体经历中注入普遍意义，而且在叙述中平添一层反讽色彩，比如：“几年前，柬埔寨大使馆第一次出现在我们这一带时，有人说：‘呃，假如我们是诗人，看到大使馆突然出现在这里，没准能写出一首颂诗之类的玩意。’（因为大使馆通常都在市中心。我们这是头一回在郊区看到使馆楼。）可我们终究也不是什么诗兴盎然的人。我们是威尔斯登人。我们的趣味总是乏善可陈。”不过，与修辞华丽的、不时流露着布鲁姆斯伯里式炫技的《美》相比，这样的反讽要克制得多，也朴实得多。摆在一起看，你很难相信是同一个人的作品。也许，史密斯的写作就像一个镜子的两面，一面反射着刺目斑驳的阳光，而另一面，那个用“我们”娓娓道来的舒缓叙述，质地是磨砂的。

无论从哪个角度看，《使馆楼》都是 2000 年之后具有示范意义的短篇小说。史密斯本人也非常偏爱它，坚持要将它作为一个独立的作品出版，而非归入任何一个短篇小说集。

它在一个标准短篇的容量中嵌入了中篇小说的结构，又以娴熟的技巧和广阔的视野，使读者得到类似于长篇小说的阅读体验。透过法图的遭遇，我们既对现代大都市的痼疾感同身受，又会在这位新移民越来越清晰而坚定的自我认知中看到些许微茫的希望——而后者，在一部直击现实、不回避任何阴暗面的小说中，通常是很难处理得令人信服的。然而，史密斯不仅做到了，而且做得很好。

作者跋

曲折而不息的冲动

黄昱宁

我小时候对蚊帐有特殊感情。夏夜躺进去，盯着纱帐的角落——那里有一摊年深岁久、洗到发黄的蚊子血——就开始编故事。有一阵子我妈问我为什么老是轻声跟自己说话，我说我不是一个人啊，我还能听见有人追问我呢。那时候连"心理医生"这个名词都还没出现，我妈嗯了两声，没往下讲。后来她告诉我，那时她担心得要命，老想带我去看病，就像在我更小的时候，她领我到医生那里唱个歌，问他我的喉咙为什么那么哑。

医生狠命地用压舌板在我嘴里钻研了一番，在病历卡上写下四个字：声带水肿。

我的声带在青春期之后有所改善，但从未变得响亮，我的蚊帐故事也总是在宏大的开头之后就栽入梦乡——第二天醒来记不起一点线索，于是当天晚上的故事只能从头编起。以至于长大以后，每回看到一部小说有炫目的开头和虚弱的结尾，总体上呈现“水肿”时，我就会疑心这位作家也有一个嘶哑的童年，床上也有那样一顶蚊帐。

在成长过程中，为了压制把故事讲下去的冲动，我使用了各种各样的理由。比如对于灵感终将枯竭的恐惧，比如“作家（尤其是女作家）要么饿死要么发疯”的神话，比如一向务实的家庭传统。我勒令自己编辑别人的小说，翻译别人的故事，即便自己下笔，也务必钻到“非虚构”的保护伞底下。

然而总有不甘心。我曾在多少“真实”的散文里融入虚构的想象，又通过对多少虚构作品的分析，积累（同时也在瓦解）自己虚构的勇气？这种积累与瓦解总在暗处厮杀，直到现在，我也不知道哪一个终将胜利。不管怎么说，把这些夹带私货的文章聚拢在一起，是不是能构成一幅虚实无间的拼图，隐约看见那种叫“文学观”的东西？当然，这都是事后的诠释，写的时候并没有考虑那么多。

我从不追求风格化，倒反而是那种尽量适应各种约稿要求的作者，所以你从每篇语气的拿捏里，多少可以看到相应的媒体风格：《ONE·一个》,《东方早报·上海书评》,《读库》,《新知》。也只有把这些文字放在一起，只有当我为书名费尽思量，最后只好从《红楼梦》里挖出四个字来交差时，我才意识到，究竟是怎样曲折而不息的冲动，在推着我往下写。

结集的乐趣之一，是得到别人的反馈。出版社替我邀请的这两位作序者，都既是我喜欢的小说家，也是我的好朋友。我知道他们都是那种对任何溢美之辞（无论是对别人还是对自己）会保持警觉甚至忍不住要嘲讽的人，所以我不用担心收获一堆叮当作响的形容词。然而，面对一个熟人，斟酌既适合发表又不失真诚的措辞，总是一件多少有点尴尬的事。所以最后还是要隆重地感谢小白和苗炜，感谢你们克服这种尴尬，感谢你们的记忆、批评与鼓励。

图书在版编目（CIP）数据

假作真时 / 黄昱宁著. —南京：译林出版社，2017.2（2017.4重印）
ISBN 978-7-5447-6686-9

Ⅰ. ①假… Ⅱ. ①黄… Ⅲ. ①随笔—作品集—中国—当代 Ⅳ. ①I267.1

中国版本图书馆CIP数据核字（2016）第249154号

书　　名　假作真时
作　　者　黄昱宁
责任编辑　周　璇
出版发行　凤凰出版传媒股份有限公司
　　　　　　译林出版社
出版社地址　南京市湖南路1号A楼，邮编：210009
电子邮箱　yilin@yilin.com
出版社网址　http://www.yilin.com
经　　销　凤凰出版传媒股份有限公司
排　　版　南京展望文化发展有限公司
印　　刷　恒美印务（广州）有限公司
开　　本　880毫米×1240毫米　1/32
印　　张　8.75
字　　数　133千
版　　次　2017年2月第1版　2017年4月第2次印刷
书　　号　ISBN 978-7-5447-6686-9
定　　价　39.00元
　　　　　　译林版图书若有印装错误可向出版社调换
　　　　　　（电话：025-83658316）